루즈마이론

엘라시아
마을

루즈벡 제국

세이지탈 산맥

원글 강

로스 강

슈프림 왕국

유니온

어퍼 그랜져

원글로스 왕국

아이노 강

정선
지역

리퍼블릭

로어 그랜져

벨런시아 강

레오ㄴ

레술트

시아라인만

벨런시아
공화국

제이드 대륙

기갑영검

아스카론
ASKARON

신가 판타지 장편 소설
FANTASY FRONTIER SPIRIT

기갑영검 아스카론 4

신가 판타지 장편 소설

초판 1쇄 찍은 날 § 2009년 7월 3일
초판 1쇄 펴낸 날 § 2009년 7월 10일

지은이 § 신가
펴낸이 § 서경석

편집장 § 문혜영
편집책임 § 서지현
편집 § 정서진

펴낸곳 § 도서출판 청어람
등록번호 § 제1081-1-89호
등록일자 § 1999. 5. 31
어람번호 § 제1-1061호

주소 § 경기도 부천시 원미구 심곡2동 163-2 서경B/D 3F (우) 420-822
전화 § 032-656-4452 팩스 § 032-656-4453
http://www.chungeoram.com
E-mail § eoram99@chollian.net

ISBN 978-89-251-1859-8 04810
ISBN 978-89-251-1721-8 (세트)

기갑영검 아스카론

ASK AROS

신가 판타지 장편 소설

FANTASY FRONTIER SPIRIT

4

[이슈인의 귀환]

청어람
도서출판

CONTENTS

CHAPTER 1
레퀴엠 초연(初演)

"놀랍군."

바츠란 사령관은 멀리 리퍼블릭의 성벽을 보면서 중얼거렸다.

배의 선수(船首) 부분에 삐죽 튀어나온 거대한 마나 캐논이 마나를 쏘아대는 모습은 정녕 경이 그 자체였다.

비바체 함대는 마나 캐논의 개발 성공 이후 비바체 항에서 극비리에 건조된 전투 함대였다. 이안이 귀족 회의에서는 마나 캐논을 따로 제작하여 배에 탑재하는 듯 설명을 하였지만 실제로는 함선의 건조와 마나 캐논의 설치는 함께 이루어졌다.

마나 캐논은 함선의 항해에 쓰이는 마나 엔진으로부터 마나를 공급받아 발사하는 구조다. 당연히 배의 설계 때부터 마나 캐논의 위치가 고려되어야 했다.

한 척 당 한 문(門)의 마나 캐논이 실렸기에 현재 열두 척의 함대에서 단번에 열두 발의 마나 포격이 이루어지고 있었다.

공화국의 대포에 비하면 훨씬 긴 사거리였지만 벨런시아 강 한가운데서 리버플릭의 직접 타격에는 한계가 있었다. 특히 포격 거리가 멀어질수록 마나가 주변으로 흩어진다는 단점이 존재해 마나 캐논의 위력은 일정 유효 사거리를 벗어나면 거리의 제곱에 비례해 약해졌다.

리퍼블릭까지의 거리는 유효 사거리는 벗어나 있지만 타격 가능 사거리에 들어와 있었기에 지속적으로 포격을 가했다.

포격의 목적 자체가 리퍼블릭의 함락이 아니었기에 가능한 일이었다.

바즈란 사령관이 품에서 회중 시계를 꺼내 보았다.

"03시 05분이라… 절반이 조금 지났군."

바즈란은 리퍼블릭 성벽 너머에 있을 마크 일행을 바라보는 듯 시선을 멀리 두었다. 포격을 개시한 지 세 시간에 조금 못 미쳤다.

처음에는 우왕좌왕하던 공화국군이 강변에 새까맣게 깔렸다. 자이안들이 속속들이 소환이 되는 것이 곧 배에 직접 타격을 하러 올 모양이다.

"생각보다 많이 늦었군."

바츠란이 양쪽의 강변을 돌아보며 말했다.

"로드론, 하일런, 세이라는 포격을 중지하고 좌측 강변에 선수가 가도록 선회."

"로드론, 하일런, 세이라는 포격을 중지하고 좌측 강변에 선수가 가도록 선회!!"

바츠란이 낮게 명령을 내리자 부관이 큰 소리로 명령을 전달했다.

명령이 전달되는 순간 좌익을 담당하고 있던 세 척의 함선이 포격을 중지하고 서서히 왼쪽으로 선회를 시작했다.

"마크란, 홀덴, 가이엔은 포격을 중지하고 우측 강변에 선수가 향하도록 선회."

"마크란, 홀덴, 가이엔은 포격을 중지하고 우측 강변에 선수가 향하도록 선회!!"

다시 한 번 이어진 명령을 부관이 큰 소리로 전달했다.

이번에는 우익을 담당하던 함선 세 척이 포격을 멈추고 오른쪽으로 선회를 시작했다.

"선회 완료 후 강변을 향해 포격 개시. 우선 목표물은 적 기간테스."

"선회 완료 후 강변을 향해 포격 개시. 우선 목표물은 적 기간테스!!"

좌익과 우익의 선회가 끝날 때쯤 바츠란 사령관의 명령이 떨어졌다. 성벽을 향한 포격은 여섯 번으로 줄었다. 대신 강변을 향해 각각 세 문의 마나 캐논이 마나를 뿜었다.

"응? 설마?"

배를 향해 다가가던 자이안의 라이더는 설마하는 마음으로 자신을 향해 거대한 포를 들이댄 함선을 바라보았다.

특이한 형태의 대포였다. 설마 리퍼블릭까지 포격이 가능할 것이라고는 상상도 하지 못했기에 충격이 컸다. 그래서 부랴부랴 기간테스로 직접 함선을 제압하기 위해 나왔다.

그런데 갑자기 배가 강변으로 머리를 돌렸다. 선수에 삐죽이 튀어나온 포신이 자신을 향했다. 설마 하는 심정이 드는 순간 포에서 강렬한 빛을 뿜었다.

콰앙!

거대한 충격이 자이안을 뒤흔들었다. 자이안이 비틀거리면서 뒤로 물러났다.

"저, 저럴 수가……!"

강변의 병사들은 깜짝 놀랐다.

자이안의 왼쪽 어깨가 사라져 있었다.

강물의 출렁임에 조준이 약간 빗나간 덕에 한쪽 팔만 잃었지만 콕피트에 직접 타격을 받았으면 어떻게 되었을지 생각하니 등이 땀으로 축축이 젖었다.

"후퇴! 후퇴해!"

강변에서 지휘하던 대장이 황급히 말했다. 접근하다가 제대로 맞으면 애꿎은 기간테스만 잃는 꼴이다.

강변에서 비바체 함대를 노리던 공화국군이 멀찍이 물러났다. 리퍼블릭까지 날아가는 포였다. 대체 사거리가 얼마인지 추측조차 불가능했기에 그들은 최대한 물러났다.

단 한 번의 포격이 보여준 결과였다.

"원 샷, 원 킬이라……."

바츠란은 물러나는 공화국군을 보면서 미소 지었다.

"엄청나도 너무 엄청나군. 이런 괴물을 만들어내다니 무섭기까지 하단 말이야. 만약 이놈을 육상에서도 사용할 수 있다면……."

바츠란은 배의 선수에서 그 위용을 자랑하는 마나 캐논을 보면서 중얼거렸다. 육상에서도 사용할 수 있게 하는 연구 작업이 한창이고 어느 정도 성과가 있었지만 실전 배치까지는 아직도 제법 시간이 걸릴 것 같았다.

박스터가 인상을 찡그린 채 앉아 있었다.

레지스탕스 소탕 작전의 결과 보고를 기다리느라 늦은 시간까지 깨어 있었다. 그런데 그를 찾아온 소식은 전혀 뜻밖의 것이었다.

대포를 이용한 리퍼블릭의 직접 타격.

지금도 그의 귀에 은은한 진동음이 울렸다. 이미 성벽 곳곳이 파손되었다는 보고다.

"대체 영문을 알 수 없습니다. 우리가 개발한 대포로도 닿지 않는 거리입니다. 저런 엄청난 사거리의 대포가 존재한다는 것 자체가 불가능한 일입니다. 더군다나 저렇게 많은 포탄이라니요. 유황을 우리나라에서 통제하는 이상 절대 구할 수 없습니다."

엥겔스가 어이가 없다는 얼굴로 박스터에게 말했다.

"칼라볼크(Calabolg)까지……."

"네?"

박스터가 낮게 중얼거리는 말에 엥겔스가 반문했다.

"아니, 아닐세."

박스터는 머리를 흔들며 말했다.

"적의 포격으로 인한 손실은 성벽의 파손밖에 없는가?"

"네. 포격의 충격으로 인한 성벽 근처의 저택들이 손상을 입은 것 외에 리퍼블릭 내부의 피해는 그리 크지 않습니다."

박스터의 물음에 엥겔스가 대답했다.

"결국은 경고란 말이군."

"그런 것 같습니다. 언제라도 우리 심장에 검을 꽂을 수 있다는 무력 시위 정도로 보입니다."

"막을 방도는?"

"현재로는 어떻게 할 방법이 없습니다. 적의 상륙을 막을 뿐 적의 함대를 막을 수는 없습니다. 우리의 대포 사거리가 훨씬 짧은지라……."

현재 대륙의 해전 개념으로는 해상에서는 손을 쓸 방법이 없었다.

"레지스탕스 소탕 작전을 어떤가?"

"레지스탕스들의 본거지를 알아내어 소탕 부대가 출격했습니다."

그나마 한 가지 일은 성공을 했다는 생각에 박스터는 미미하게 고개를 끄덕였다.

"메틀라인 녀석들은?"

"공주를 가둔 함정으로 진입을 했다는 연락 이후의 보고는 아직 없습니다."

"흐음……."

박스터가 턱을 괴고 생각에 잠겼다.

"저 포격은 그것도 함께 노린 거겠지?"

"그럴 겁니다."

박스터의 물음에 엥겔스가 고개를 끄덕이며 대답했다.

"영악한 녀석들이야. 후우. 알겠네. 나가보게."

"네."

엥겔스가 물러난 후 박스터는 고개를 젖혀 천장을 바라보았다.

"바첼러 백작가라… 어떤 녀석들인지 궁금하군. 잊혀진 것들을 자꾸 살려내고 있으니. 엄청난 탐욕이라……."

그 중얼거림을 끝으로 박스터는 두 눈을 감았다. 자꾸 그의 계획에 변수가 끼어들고 있었다.

엄청난 탐욕은 고대어로 칼라볼크였다.

* * *

모두들 벌어진 입을 다물 수가 없었다. 갑작스레 눈앞에 나타난 기간테스 때문이다.

더욱이 이슈인과 함께 작전을 펼친 이들은 더욱 믿을 수가 없었다. 이슈인에게 기간테스가 없다는 것은 누구보다도 그들 자신이 가장 잘 알기 때문이다.

이제 소환된 기간테스는 모두 세 기다. 3대 1의 상황. 그럼에도 나벨의 얼굴에는 여유가 있었다.

이슈인은 콕피트에서 주변을 둘러보았다.

랩터2와는 많은 것이 달랐다. 기본적으로 양손을 수정구에 올려두고 기간테스를 운용하는 방식은 똑같았지만 그 외 다른 것들이 눈에 많이 띄었다.

"무언가… 보통의 기간테스랑은 다른 느낌이야."

─물론이다. 타이탄의 기술이 들어갔으니까.

이슈인의 중얼거림에 아스카론의 목소리가 머리에 울렸다. 아직 적응할 수 없었다.

대체 스스로 아스카론이라 하는 저 검은 무엇이란 말인가.
그리고 자신과는 또 어떤 관계란 말인가.

당장 급박한 상황이 그런 의문을 뒤로 밀어놓게 만들었다.

"흥. 그래 봐야 움직이지 못하는 동상이나 다름없는 것
들."

나벨이 비웃음을 날리며 바일론을 향해 달려들었다.

일단 약한 녀석을 먼저 공격해 적의 수를 줄이겠다는 심산
이었다.

"젠장."

그 모습에 이슈인의 얼굴에 낭패의 기색이 어렸다. 적이 어
떻게 딜레이 타임을 극단적으로 줄였는지 알지 못하는 상황
이다. 자신은 아직 딜레이 타임 중에 있을 때 적의 공격이라
니.

예전에 그렇게 자이안을 베어본 이슈인은 잘 알고 있었다.
딜레이 타임이 끝나기 전의 기간테스가 적의 공격에 얼마나
취약한지 말이다.

─왜 움직이지 않지? 적이 오고 있지 않은가?

아스카론이 의아한 듯 말했다.

"딜레이 타임이 끝나지 않았잖아."

이슈인이 귀찮다는 듯 내뱉었다.

─딜레이 타임? 그게 뭐지?

"젠장. 그것도 몰라? 마나 엔진 기동 후 기간테스의 실제

기동이 가능할 때까지의 공백 시간이잖아."

이슈인의 얼굴에 짜증이 어렸다.

―호오. 그런 것도 있는가? 하지만 레퀴엠은 마나 엔진 기동 후 즉시 기동이 가능하다.

"그런 건 빨리빨리 말하라고."

이슈인은 아스카론의 말이 끝나기 무섭게 양손을 마나 제어구에 올리고 정신을 집중했다. 과연 기간테스에서 반응이 있었다.

그때 자이안의 주먹이 랩터2의 머리를 향해 날아들고 있었다. 이미 바일론은 반파되어 기동불능의 상태에 빠져 있었다.

"빌어먹을!!!"

아직 딜레이 타임이 끝나지 않아서 아무것도 할 수 없다는 억울함에 칼버튼의 얼굴이 잔뜩 일그러졌다.

쿠아앙!

요란한 소리와 함께 랩터2의 머리가 날아갔다.

외부를 볼 수 있게 해주는 스코프가 머리에 달려 있기에 칼버튼은 아무것도 볼 수가 없었다.

"젠장."

칼버튼이 수정구를 주먹으로 내려쳤다. 이제 그가 할 수 있는 것은 콕피트의 상단에 작게 나 있는 비상용 창을 개방해 밖의 상황을 조금이나마 살피는 것이 전부였다.

"무기 소환."

나벨이 낮게 중얼거리자 자이안의 양손 앞의 공간이 일그러지더니 어느새 양손에 검과 방패를 쥐고 있었다.

"슬슬 끝내지."

나벨은 여유로운 웃음을 지었다.

섬뜩한 빛을 뿌리며 자이안의 검이 칼버튼이 탄 랩터2의 콕피트를 향해 날아갔다.

"크윽……."

비상용 창을 통해 보인 콕피트를 향해 곧장 날아오는 섬뜩한 검의 모습에 칼버튼의 얼굴이 하얗게 질렸다. 이제 곧 저 검이 콕피트를 뚫고 자신까지 찌르리라.

죽음이라는 것이 눈앞에서 손을 흔들고 있었다.

수정구 위에 올려진 양손이 덜덜 떨렸다.

이렇게 무력할 줄은 몰랐다.

검이 콕피트 바로 위에 이른 순간 칼버튼은 두 눈을 질끈 감았다. 차마 최후의 순간까지 검을 바라보고 있을 용기가 나지 않았다.

서걱.

장갑을 잘라내는 섬뜩한 소리가 칼버튼의 귀에 울렸다.

'빌어먹을… 이렇게 끝이군…….'

장갑이 잘렸으니 자신도 자이안의 검에 꿰뚫렸으리라. 칼버튼은 그렇게 생각했다. 하지만 검에 당한 고통이 느껴지지 않았다.

'훗. 일격에 양단되어 그런 것인가?'

고통이 없는 것에 대해 의문을 느낄 수 있을 정도로 여유를 찾았다. 이미 죽었다고 생각했기에 찾아온 여유였다.

그리고 그 여유는 칼버튼에게 이상함을 느끼게 했다.

자신이 고통도 느끼지 못하고 죽었다면 이런 정상적인 사고는 불가능하기 때문이다.

칼버튼이 천천히 눈을 떴다. 감겨진 눈이 어렵지 않게 뜨였다.

"설마……."

낮게 흘린 작은 목소리. 그 목소리를 자신의 귀로 듣고서야 칼버튼은 자신이 살아 있음을 알아차렸다.

"어떻게?"

주위를 살피는 칼버튼은 자신의 우측 50센티미터 부근에 박힌 거대한 검을 볼 수 있었다. 콕피트를 꿰뚫는 순간 아슬아슬하게 빗나간 것이다.

등이 식은땀으로 축축이 젖어들었다.

그야말로 찰나의 순간 목숨을 건진 것이다.

[네놈, 어떻게 움직인 거지?]

회심의 일격이 빗나갔다. 검끝의 감촉으로 보아 상대 라이더는 무사한 듯했다.

나벨이 믿을 수 없다는 눈으로 앞을 보았다.

아슬아슬하게 자이안의 오른팔에 충격을 가한 기간테스.

그것은 조금 전 갑작스레 나타난 기체였다. 딜레이 타임이 있기에 전혀 기동할 수 없을 것이라 생각한 기간테스.

레퀴엠이 번개같이 움직여 아슬아슬한 타이밍에 자이안의 검의 궤도를 비튼 것이다.

"어, 어떻게!"

그 순간 기간테스에 관해 알고 있는 모든 사람의 얼굴에 경악이 어렸다.

거의 소환되자마자 움직인 것이다. 적측의 자이안도 그런 기동을 보여주긴 했지만 놀라운 것은 놀라운 것이다.

[네놈도 알고 있나?]

나벨이 기분 나쁘다는 얼굴로 레퀴엠을 바라보았다. 설마 딜레이 타임을 단축하는 방법을 알고 있는 사람이 또 있을 줄은 몰랐던 것이다. 그리고 그 사람이 자신의 회심의 일격을 방해하다니.

이 방법은 공화국 라이더들에게만 전수되는 일종의 비기였다. 알고 있어도 능력이 부족하면 할 수 없는 비기. 이것을 발견한 사람은 제스터였고, 그는 기꺼이 그 방법을 공개했다. 모두 공화국을 위해서였다.

그리고 나벨은 그 방법을 쓸 수 있는 몇 안 되는 라이더 중 한 명이다. 그에 대한 그의 자부심은 대단했다. 한데 눈앞에 딜레이 타임을 무시하는 기간테스가 한 기 더 있다. 그것도 공화국의 것이 아닌 적국의 것이다.

"훗. 그나마 일대일이라 이거지?"

두 기를 전투불능 상태로 만들어둔 것은 탁월한 선택이었다. 설마 적에게 소환하자마자 기동이 가능한 녀석이 있었다니. 아차하면 3대 1의 불리한 싸움을 할 뻔했다.

자이안이 랩터2의 콕피트 위에 박아넣은 검을 뽑아 들었다.

철컹. 철컹.

두 기의 기간테스가 움직이는 요란한 소리가 울렸다.

사람들은 긴장한 얼굴로 두 기를 바라보았다. 저 두 기의 전투 결과에 따라 자신들의 처지가 결정된다는 것을 모두들 잘 알았다.

그사이 칼버튼은 재빨리 콕피트를 열고 랩터2에서 나와 랩터2를 역소환시켰다. 그리고는 일행의 곁으로 다가갔다. 어느새 네리안도 바일론의 소환을 해제하고 그곳에 와 있었다.

이제 자신들에게 남아 있는 희망은 오직 정체불명의 저 기간테스였다.

[날 너무 우습게 보는 것 아닌가?]

검과 방패를 쥔 채 자세를 취하는 자이안에게서 나벨의 목소리가 울려 나왔다:

레퀴엠은 여전히 소환된 처음 상태 그대로였다. 어떠한 무기도 쥐지 않은 상태다.

이슈인은 상대의 말에 아랑곳하지 않았다. 레퀴엠이라는

이 기체는 그야말로 괴물이었다.

조금 전 급격한 기동으로 충분히 느낄 수 있었다.

이 기체의 성능이 과연 어느 정도인지 짐작할 수조차 없었다. 그랬기에 섣불리 움직일 수 없었다. 완벽하게 레퀴엠을 제어할 자신이 없는 것이다.

―왜 움직이지 않지?

아스카론의 목소리가 머리에 울렸다.

'이렇게 엄청난 녀석을 내 마음대로 움직일 수 있을까?'

그렇게 생각하며 이슈인은 마른침을 꿀꺽 삼켰다.

이슈인은 상대를 노려보며 천천히 레퀴엠을 움직였다. 일단 자신이 운용이 가능한 정도부터 알아봐야 했다.

가볍게 한 발을 내딛는 순간 레퀴엠은 그야말로 질풍 같은 움직임으로 자이안을 향해 달려들었다.

'이크.'

그와 같은 반응에 이슈인은 깜짝 놀랐다. 랩터2에 비교할 수도 없는 반응에 움직임이다.

나벨은 가만히 있던 상대가 갑자기 자신을 향해 쇄도하자 깜짝 놀라 방패를 들었다.

이슈인은 내친김에 회피하지 않고 그대로 숄더 차지를 시도했다.

콰앙!

요란한 소리가 울렸다.

"크윽."

나벨의 입에서 신음이 흘렀다.

방패로 막았음에도 불구하고 뒤로 밀린 것은 자이안이었다. 출력이 무려 2.8이나 되는 자이안이 단 한 번의 차지에 뒤로 밀렸다.

"이거 대체 출력이 얼마야?"

눈앞에 드러난 결과에는 이슈인 역시 놀랐다.

—3.83이다.

머릿속에서 울린 아스카론의 대답에 이슈인은 입을 쩍 벌렸다. 3.0이 기간테스의 한계 출력이라는 것은 기간테스에 관련된 사람이라면 누구나 아는 상식이었다. 그런데 자신이 움직이는 이 기체의 출력이 3.83이라 한다.

이것이 어디 말이 되는 소리란 말인가.

하지만 이슈인은 이내 수긍했다. 자신이 직접 운용을 해보고 느낀 것이 있기 때문이다. 방패로 방어를 한 자이안을 한 번에 밀어내는 이 위력은 그 정도 출력이 아니고서는 설명이 되지 않았다.

그리고 세세한 사항을 따지기에는 지금 상황이 안 좋았다.

기간테스를 소환하고 벌써 몇 분이 흘렀다. 이곳은 적국의 수도. 언제 지원 병력이 몰려들지 몰랐다.

"출력 차이도 어마어마하니 어서 끝내야겠군."

이슈인의 두 눈이 차갑게 빛났다.

가슴은 뜨겁게, 머리는 차갑게.

속으로 그렇게 중얼거리며 이슈인은 레퀴엠과 한 몸이 되어 움직였다. 자이안의 콕피트에 아르시안이 있다는 사실을 똑똑히 떠올리면서.

"대체 저놈은 뭐야?"

나벨은 도무지 믿을 수 없었다. 나름대로 완벽하게 막았다고 생각을 했는데 자이안이 밀리다니.

차지 공격의 돌파력을 생각한다고 해도 말도 안 될 정도로 뒤로 밀렸다. 자이안의 출력을 생각한다면 있을 수 없는 일이다.

머리를 흔들며 충격으로 어질어질한 정신을 수습하려는 찰나 거대한 주먹이 날아오는 것이 보였다.

두 번 생각할 것도 없었다.

나벨은 재빨리 회피 기동을 했다.

쉬익!

공기를 가르는 파공음이 콕피트의 덮개를 넘어서 귓가에 스쳤다. 이런 어마어마한 일격이라니.

이것은 적이 무기를 들고 안 들고의 문제가 아니었다.

지금의 일격으로 나벨은 확실히 알 수 있었다. 적의 기체는 자이안보다 월등히 뛰어났다.

"젠장. 이런 건 정보에 없었잖아."

투덜거리면서도 나벨은 착실히 자이안을 움직였다. 커다

란 일격이었기에 적기의 옆구리가 훤히 들여다보였다. 나벨은 그곳으로 검을 찔러 넣었다. 그러자 적기는 거짓말처럼 몸을 돌렸다.

기간테스에서는 절대 있을 수 없는 빠르고도 부드러운 움직임이다.

"젠장. 저런 게 가능하단 말이야?"

완벽하게 빈틈을 잡았다고 생각했는데 어느새 자이안의 검이 튕겨 나갔다.

그리고 적기의 오른 주먹이 그대로 콕피트를 향해 날아왔다.

조금 전 들었던 그 어마어마한 파공음이 떠올라 나벨은 무의식중에 두 눈을 질끈 감고 말았다.

"응?"

잠시 시간이 흘렀지만 아무런 충격이 없었다.

나벨이 이상함을 느끼며 막 눈을 뜨는 순간.

퉁.

작은 소리가 콕피트의 덮개 위에서 울렸다.

살짝 주먹으로 건드리고는 바로 뒤로 물러나는 적의 기간테스.

그 모습에 나벨의 얼굴이 시뻘겋게 변했다.

적의 일격에 두 눈을 감은 것이 부끄럽기도 했거니와 적이 자신을 가지고 놀았다는 수치심에 온몸의 피가 얼굴로 몰렸다.

하지만 이슈인의 의도는 그런 것이 아니었다.

이슈인은 똑똑히 머릿속에 박아 넣고 있었다. 저 콕피트 안에 아르시안이 있다는 것을 말이다.

잠시 동안 두 기는 아무런 움직임을 보이지 않았다. 하지만 그것은 드러난 모습일 뿐이다.

자이안의 콕피트 안.

나벨의 호흡이 점점 거칠어지고 있었다. 수치심이 분노로 변하고 있었다.

차차 차오르기 시작한 분노가 온몸을 지배하는 순간,

"네놈!!! 반드시 죽여 버린다!!!"

나벨은 악다구니 가득한 외침과 함께 레퀴엠을 향해 돌진했다.

아무것도 생각하지 않은 듯한 단순한 돌진.

자이안의 크기과 출력, 그리고 검의 예리함이 있었기에 그 기세가 사나웠다.

이슈인의 눈동자는 여전히 차갑게 가라앉아 있었다.

성난 황소와도 같은 자이안의 돌진에도 전혀 동요하는 빛이 없었다.

자이안이 자신의 간격에 들어왔다고 판단되는 순간 레퀴엠은 반원을 그리며 핑그르르 돌았다. 그리고 레퀴엠의 왼손에 잡힌 자이안의 오른 손목.

그 순간 가차없이 레퀴엠의 오른손이 수도의 형태로 자이안의 오른손을 내려쳤다.

쿵.

수도로 쳤다는 것이 믿기지 않을 정도로 깔끔하게 잘린 오른손이 검을 쥔 채 바닥에 떨어졌다.

나벨이 일순간 어떤 일이 벌어졌는지 인식하기도 전이다.

이슈인은 가차없었다.

일단 상대의 움직임을 봉쇄하자 연이어 공격이 터져 나왔다.

자이안의 손목을 자른 수도는 그대로 오른쪽 어깨로 날아갔고 여지없이 한 팔을 잘랐다.

"이, 이게……."

그제야 나벨이 정신을 차리려 했지만 이미 늦었다. 어느새 번개같은 속도로 왼쪽 어깨마저 자른 레퀴엠의 수도는 자이안의 양다리마저 잘라 버렸다.

쿵. 쿵.

사지가 땅에 떨어지는 소리가 들리는 순간, 나벨은 자신이 뒤로 넘어가고 있음을 느꼈다.

정확히는 양다리를 잃은 자이안이 쓰러지고 있는 것이었다.

"말도 안 돼."

나벨은 아직도 믿을 수가 없었다.

자이안의 오른손이 잡히고 채 1분이 되지 않은 시간에 이렇게 무참하게 당할 것이라고는 생각지도 못했다.

저항다운 저항 한 번 해보지 못한 일방적인 파괴였다.

양다리를 잃고 그대로 바닥에 떨어지려는 자이안은 레퀴엠이 안아 들었다.

"응?"

충격에 대비하고 있던 나벨은 그 모습에 의아함을 느꼈다. 철저히 박살을 내고서 이것은 또 웬 아량이란 말인가.

레퀴엠은 몸통만 남은 자이안을 조심스레 바닥에 눕혔다.

"뭐냐?"

나벨은 빠르게 눈알을 굴렸다.

저런 행동에는 이유가 있을 것이다. 승자의 아량 따위가 아니다. 그런 아량이 있었으면 이렇게 박살을 내지도 않았을 것이다.

그 순간 거대한 손바닥이 콕피트의 덮개를 향해 다가왔다.

"왜?"

이미 자신은 철저히 패했다. 그냥 파괴해서 끝장을 내면 될 것을 굳이 콕피트의 덮개를 뜯으려 하다니.

"아!"

그 순간 나벨의 시선의 의자 뒤를 향했다.

그곳에 있었다.

정신을 잃은 아르시안 공주가 말이다.

전투에 취한 나머지 그녀의 존재를 까맣게 잊고 있었다. 정확히는 기동 불능 상태의 적 기간테스 2기를 파괴하면서 전투에 취해 버렸다. 그리고 그녀의 존재를 잊었다.

진작에 그녀의 존재를 생각했다면 이렇게 무참히 당하지도 않았을 것이다.

저들의 임무는 자신을 없애는 것이 아닌 자신의 뒤에 있는 아르시안 공주의 구출이었으니까.

그 사실을 깨닫는 순간 나벨은 자신의 몸을 고정한 벨트를 풀고는 의자 뒤로 넘어갔다.

그리고 허리에서 검을 뽑아 그녀의 목에 바짝 들이댔다. 그 순간 콕피트의 덮개가 뜯겨 나가며 바깥의 모습이 눈에 들어왔다.

괴물 같은 기간테스의 콕피트가 열렸다.

그리고 자신을 이렇게 만든 장본인이 모습을 드러냈다.

"무슨 짓이지?"

차가운 목소리다.

"후후후. 살기 위한 방책이지."

섬뜩하게 빛나는 검날이 아르시안 공주의 목에 더 가까워졌다.

이슈인은 섣불리 움직이지 못했다.

혹시라도 이런 상황이 있을지도 몰라 정신 없이 몰아붙였다. 녀석이 흥분한 기색이 보였기에 아르시안에게 생각이 미치기 전에 끝장을 볼 생각이었던 것이다.

그런데 드러난 결과가 이것이다.

'더 도발을 했어야 했나?'

이슈인은 후회했으나 표정은 여전히 차가웠다.

"어쩔 셈이지?"

"이대로 꺼져라."

나벨은 생각할 것도 없다는 듯 짧게 대답했다.

"그러지 못하겠다면?"

"이 년도 죽고 나도 죽는 거지."

CHAPTER 2
주홍빛 이카루스

　나벨의 두 눈에서는 광기마저도 엿보였다. 나벨은 잘 알고 있었다. 이런 목숨을 건 도박에서는 차가운 이성을 유지한 채 광기에 몸을 맡겨야 한다. 말도 안 되는 모순이었지만 지금 나벨은 그렇게 하고 있었다.

　그래야만 주도권을 쥘 수 있었다.

　지금 최고의 패는 자신의 손에 있었다.

　이슈인은 여전히 차가운 얼굴로 나벨을 노려보고 있었다. 당황하는 모습을 보이면 주도권을 완벽하게 빼앗긴다. 그것을 알기에 이슈인은 애써 침착한 모습을 보이고 있지만 지금 그의 속은 새까맣게 타들어가고 있었다.

도무지 방법이 없었다.

나벨 정도의 실력자와 이 정도의 거리라면 어떻게 할 방도가 없었다. 더군다나 그는 지금 좁은 콕피트 안에서 잔뜩 몸을 웅크리고 있는 상태다. 그만큼 접근할 수 있는 공간이 없었다.

'어떻게 한다…….'

이슈인의 머리가 바쁘게 움직였지만 도무지 답이 보이지 않았다.

"뭘 그렇게 서 있지? 어서 꺼져!"

나벨이 사나운 얼굴로 외쳤다. 그와 동시에 아르시안의 목에 붉은 선이 생겼다. 검날이 살짝 닿았다가 떨어지면서 상처를 입은 것이다.

그 모습에 이슈인의 얼굴이 꿈틀했다.

아르시안의 상처 입은 모습에 분노했다. 그 모습을 보면서 차가운 표정을 유지할 수 없었다.

그 순간 머릿속에 흐릿한 기억이 떠올랐다.

검은 머리칼의 사내.

처음 보는 사내였으나 어딘가 익숙해 보였다.

"네가 익힌 경공은 뇌표신법(雷飄身法)과 환월영보(幻月影步)다. 그 두 가지는 하나이자 둘이고 둘이자 하나인 상호보완적인 보신경이지. 월영보의 묘리에 뇌표신법의 묘리를 더

하면 은밀하면서도 빠른 이동이, 뇌표신법의 묘리에 월영보의 묘리를 더하면 빠름 속에 숨을 수 있는 은밀함이 가능하다."

그가 자신에게 했던 말이 똑똑히 떠올랐다. 뇌표신법은 무엇이고 월영보는 무어란 말인가. 발음하기도 어려운 말인 것을.

하지만 이슈인의 머릿속에는 그 순간 그것이 무엇인지 똑똑히 떠올랐다. 바인트가 가르쳐 준 라이트 바디 런의 두 가지 수법. 바로 그것이었다.

떠오른 순간 몸은 자연스레 움직였다.

일단 콕피트에서 몸을 뒤로 돌린 채 아래로 뛰어내렸다.

이슈인이 자신에게 등을 보인 순간 나벨은 속으로 회심의 미소를 지었다. 이 순간 검을 던져 저 밉살스러운 녀석을 공격할 수도 있었지만 그것은 손 안에 든 최고의 패를 던지고 운에 모험을 거는 미친 짓이다.

순간의 분노와 원한에 목숨을 걸 수는 없었다.

여전히 등을 보인 채 이슈인은 바닥에 발을 디뎠다. 그리고 그대로 일행들이 자신을 지켜보고 있는 곳으로 한 발 내딛었다.

한 발자국을 걷고, 두 발자국을 내딛는 순간.

나벨은 자신이 이겼음을 확신하고 긴장을 풀었다. 그의 눈동자에 억지로 띄웠던 광기도 사라졌다. 호흡이 조금 느려지는 것이 어느 정도 안도했음을 알 수 있었다.

그의 호흡 소리는 그대로 이슈인의 귀에 포착되었다. 걸음은 일행을 향해 떼고 있었지만 온몸의 감각은 나벨을 향해 집중되어 있다.

그 두 번째 걸음이 땅에 닿는 순간, 이슈인이 감쪽같이 사라졌다.

눈으로는 결코 따라갈 수 없는 빠름이었다.

"헉!"

자신이 이겼다는 생각에 안도하면 아주 잠깐 눈을 떼었을 뿐이다. 그런데 그 순간 적이 감쪽같이 사라질 줄이야…….

황급히 검을 쥔 손에 힘을 주고 아르시안의 목에 검날을 바싹 들이대려 하였다.

하지만 그것은 나벨의 바람일 뿐, 그러지 못했다.

그의 오른손은 이슈인의 손에 단단히 쥐여져 있었다.

"크윽."

자유로운 왼손으로 공격을 하려 했으나 그러지 못했다.

적을 협박하기 위해 아르시안의 몸 뒤에 완전히 몸을 숨긴 탓이다. 가뜩이나 좁은 콕피트 내부의 의자 뒤편의 공간이다. 그곳에서 잔뜩 몸을 웅크린 덕에 한쪽 손을 제압당하자 마음대로 움직이지 못하게 된 것이다.

게다가 아르시안이 무척이나 걸리적거렸다.

"젠장."

이렇게 된 것 걸리적거리는 아르시안은 더 이상 필요없는 존재였다. 재빨리 발로 차내고 왼쪽 허벅지에 숨겨둔 단검을 꺼내려 하였다.

퍽!

막 다리를 움직이려는 순간 둔중한 충격이 머리를 뒤흔들었다.

이슈인의 오른손이 그의 얼굴을 정확히 두드린 참이었다.

나벨은 그대로 정신을 잃었다.

"맥!"

이슈인이 큰 소리로 마크를 불렀다.

마크는 여전히 트랜스 아머를 장착한 상태로 이슈인을 향해 다가왔다.

"부탁해."

이슈인이 조심스레 아르시안을 안아 들어 마크에게 건넸다.

"너는?"

마크의 물음에 다시 콕피트의 내부로 들어간 이슈인이 나벨의 얼굴을 때려서 깨웠다.

"크윽……."

나벨이 신음을 흘리며 정신을 차렸다.

이슈인은 미소를 지으며 나벨이 완전히 정신을 차리기를

기다렸다. 막 눈을 뜬 나벨은 그 미소를 보았다. 섬뜩하기 그지없었다.

정신을 차리자마자 나벨은 모든 상황을 알 수 있었다.

이미 인질은 빼앗겼다. 자신은 여전이 움직이기 힘든 구석에 처박힌 상태다. 오른손에 검도 없었다.

완벽히 제압된 상태였다.

"죽여라."

모든 것을 체념한 나벨은 힘없이 말했다.

이번 작전은 완벽한 실패였다.

그의 말에 이슈인이 피식 웃었다.

"웃기는군."

그것이 나벨이 제정신으로 들은 상대의 마지막 말이었다.

그 말이 끝나는 순간 이슈인의 발끝이 나벨의 명치를 파고들었다.

"커억."

숨이 턱 막혀오는 순간 상대방의 두 주먹이 날아들었다.

퍽퍽퍽.

정신을 차릴 수가 없었다. 밀려오는 고통은 기절조차 못하게 했다. 아무 생각도 할 수 없었다.

이슈인의 주먹에는 분노가 고스란히 실려 있었다.

여전히 남아 있었다.

아르시안의 목에 상처가 나는 순간 느꼈던 그 가슴 철렁한 아득함을.

이렇게라도 분을 풀지 않으면 쉬이 떠날 수 없었을 것 같았다.

"이제 그만 가야돼."

묵묵히 지켜보고 있던 마크의 말이 이슈인의 주먹을 멈추게 만들었다.

"헉헉헉. 알았어."

지금까지 흐트러지지 않던 호흡이 나벨을 두들기면서 흐트러졌다. 그 정도로 지금 이슈인이 분노하고 있다는 것이었다.

"킥킥킥."

이슈인의 주먹이 멈추자 나벨의 입술을 비집고 기분 나쁜 웃음이 새어 나왔다.

너무 심하게 맞아서 정신이 이상해진 것일까?

"네놈들, 결코 쉽게 이곳을 벗어나지 못할 거다. 하우징이 그냥 간 것이 아니니까. 크크크."

자신을 옭아매던 고통이 사라지자 이곳이 자신들의 수도라는 것이 생각이 난 것일까? 나벨은 기분 나쁜 웃음과 함께 말했다.

"글쎄, 그건 네 녀석 생각이고."

그 말과 함께 이슈인의 주먹이 나벨을 향해 날아갔다.

마지막 일격이었다.

퍽.

정확히 심장 위를 가격한 이슈인의 주먹이 나벨의 갈비뼈를 부러뜨리자 그 조각이 심장에 파고들었다.

"크으으……."

입으로 피를 토하며 부들부들 떠는 나벨의 모습을 힐끗 본 이슈인은 몸을 돌렸다.

"가자."

"그래."

어느새 이슈인의 일행의 대장이 되어 있었다.

형편없이 파괴된 지하에 이슈인 일행만이 있었다. 지금까지의 소란이 거짓말인 듯 고요한 적막이 감돌았다.

공화국 측에서는 이곳의 일에 관심도 없다는 듯 아무런 반응이 없었다.

"어떻게 생각해?"

이슈인이 마크를 보며 물었다.

"굳이 이곳에 들어올 필요는 없지. 입구를 막고 있으면 되니까."

마크의 말에 모두들 고개를 끄덕였다.

이슈인의 손에 죽은 녀석이 자이안을 소환할 때 공간 이동 마법으로 도망친 마법사 녀석을 잡지 못한 것이 그렇게 아쉬울 수가 없었다.

"네 녀석, 어떻게 된 거지?"

칼버튼이 이슈인을 보면서 날카롭게 물었다. 그사이 정신을 추스른 것 같았다.

"지금 중요한 것은 그게 아니잖아."

이슈인이 대수롭지 않게 대답했다.

"어라? 아는 사이유?"

팬텀이 두 사람을 번갈아 보면서 물었다.

대답은 마크가 했다.

"물론, 나를 포함해서."

마크의 대답에 다들 그런가 보다 하고 넘어갔다. 이슈인의 말대로 지금 중요한 것은 따로 있었기 때문이다.

"에구. 분명 밖에서는 우리가 나오기를 기다리면서 진을 치고 있을 텐데 어찌한다……."

팬텀이 한숨을 쉬며 중얼거렸다.

이번 작전을 성공하려면 무사히 비바체 함대로 돌아가야 했다. 그래야만 진정한 성공이었다.

"지금 시간은 03시 05분. 리퍼블릭의 성벽에 여전히 포격이 가해지고 있을 시간이오."

헤우스의 말에 모두의 시선이 그를 향했다.

"모든 전력을 이곳에 돌리기에는 무리가 있다는 말이오."

그의 말에 다들 고개를 끄덕였다.

"하지만 이곳이 적의 아가리 한가운데라는 것은 여전히 사실이우."

팬텀의 말 또한 옳았다.

"시간이 별로 없어. 빨리 결정해야 해."

마크의 말 역시 옳았다.

모두 옳은 말을 했지만 정작 가장 필요한 내용은 없었다. 그래서 더욱 답답했다.

다들 어떻게 이곳을 벗어날까 궁리를 하고 있을 때 이슈인의 시선이 레퀴엠을 향했다.

아직 소환 해제를 하지 않은 상태였다.

마나 엔진 출력 3.83!

실제로 존재한다고는 믿을 수 없는 출력이다.

하지만 존재했다.

이슈인은 직접 운용을 하면서 그 위력을 직접 느꼈다.

그 한계가 어느 정도인지는 아직 가늠조차 할 수 없었다.

이슈인이 다시 콕피트에 올랐다.

다들 복귀할 방법을 짜내느라 그런 이슈인에게 신경도 쓰지 않았다. 다만 칼버튼만이 못 마땅하다는 시선을 보냈을 뿐이다.

―어떤가, 레퀴엠의 위력은?

'아직 채 가늠하지를 못하겠어.'

이슈인은 아스카론이라는 녀석에게 조금은 익숙해졌다. 어떻게 이런 녀석이 있을 수 있는지는 모르겠으나, 일단 존재하는 이상 믿기로 했다.

―훗.

이슈인의 대답에 아스카론은 만족의 웃음을 흘렸다.

'뭐야? 정말 검 맞아? 무슨 검이 저런 웃음을……'

―나는 자아와 영혼을 가진 존재다. 나의 존재를 무시하는 생각은 하지 말아라.

이슈인이 혼자 생각한다고 한 것까지 아스카론에게 전달되었다. 아스카론의 말에 이슈인은 살짝 당황했다.

사이몬의 기억이 완전치 않았기에 생긴 일이다.

'미안. 그런데 이 대단한 녀석은 어떻게 운용을 해야 하는 거지? 정확한 능력을 모르니 어떻게 운용을 해야 할지도 모르겠군. 그렇지 않아도 혼란스러운데 말이야.'

―정확한 능력을 몰라 운용에 한계가 있다고 했는가?

아스카론이 되물었다.

"응."

이슈인이 고개를 끄덕이며 낮은 목소리로 대답했다.

―나를 잡아라.

그 말과 동시에 콕피트의 한가운데 꽂혀 있던 아스카론이 은은한 빛을 뿌리자 이슈인은 그 빛에 이끌리듯 검병을 잡았다.

그 순간 노도와 같은 정보가 이슈인의 머릿속에 쏟아져 들어왔다. 그 모든 것이 자신이 조금 전에 움직인 레퀴엠에 관한 것들이었다.

이슈인은 직접 겪으면서도 믿을 수가 없었다. 어떻게 이런 일이 가능하단 말인가.

오랜 잠에서 깬 듯 정신을 차린 이후 오히려 제정신을 유지할 수 없는 일들이 연이어 벌어지고 있었다.

검병에 있던 은은한 빛이 이슈인의 몸으로 옮겨오는가 싶더니 이윽고 곧 사라졌다.

잠시 후 이슈인이 두 눈을 깜박거리며 정신을 차렸다.

"이게 정말이란 말이야?"

이슈인이 도무지 믿기지 않는다는 듯 어이없다는 얼굴로 말했다.

단시간에 이렇게 기억을 직접 주입하는 방식으로 지식을 전달받은 것이 믿기지 않는다는 것인지, 레퀴엠의 성능이 믿기지 않는 것인지는 알 수 없었다. 어쩌면 둘 모두일 수도 있었다.

이슈인의 시선이 콕피트 밖을 향했다.

일행은 여전히 무사 귀환 방법을 두고 고민 중이었다.

시계를 봤다.

현재 시간은 03시 45분. 그새 적지 않은 시간이 흘렀다. 아르시안은 여전히 정신을 잃은 채였다.

잠시 일행을 바라보던 이슈인이 고개를 끄덕였다.

아스카론이 자신에게 전달해 준 레퀴엠의 성능이 사실이라면 가능한 일일 것이다.

아스카론의 등장으로 찾아온 혼란을 정리하지 못했지만 현재로서는 일단 비바체 함대로 복귀하는 것이 우선이다.

이슈인이 몸을 날려 일행이 한창 고민 중인 곳으로 다가갔다.

"흥, 무슨 일이지? 자신의 신 기종에만 관심이 있는 줄 알았는데?"

이슈인이 다가오는 모습을 확인한 칼버튼이 비아냥거렸다. 이슈인에 대한 칼버튼의 적대감은 여전한 듯했다.

"이 상황에서 설마 그런 정신없는 짓을 하려구."

이슈인이 피식 웃으며 칼버튼의 시비에 가볍게 대꾸했다.

"그러면 기간테스에는 왜 간 거지? 왕국군에서는 본 적이 없는 기종인데."

끼어든 것은 마크였다. 그는 이슈인을 믿었다. 그랬기에 끼어든 것이다. 다른 일행이 무어라 시비를 키우기 전에 이슈인이 확실히 설명하게 하려는 것이다.

"저 녀석에 대해서는 나도 자세히는 몰라."

이슈인이 고개를 저으며 말했다. 이제는 너무나 잘 알고 있지만 그것들을 이들에게 말할 수는 없었다. 왕국 극비 중의 극비에 속하는 기간테스였다.

"기종 명은 레퀴엠. 프라이비트 타입의 최신예 기종이야. 그리고 양산형 기간테스에는 없는 기능들이 있다는 것 정도가 내가 조금 전에 조사해서 알아낸 거야."

이슈인의 대답에 다들 고개를 끄덕였다.

그렇지 않아도 다들 저 기간테스에 대해 궁금하던 차였다. 대장인 마크도 그 존재를 몰랐던 기간테스가 갑자기 등장해서는 일행을 위기에서 구했다. 그것도 처음에는 단지 바첼러 백작가에서 지원한 검사라고 소개받은 이가 말이다. 현실에 직면한 문제 때문에 잠시 외면했을 뿐 다들 궁금함이 머리끝까지 미쳐 있었다.

"그리고 혹시 바톤 윙이라는 것에 대해서 알고 있어?"

이슈인이 계속해서 이야기를 이어갔다.

이슈인의 물음에 마크를 비롯한 일행 대부분이 고개를 끄덕였다. 어찌 모를 수 있겠는가. 레술트 방어선을 지켜낸 그 랩터2의 어마어마한 능력은 이제는 알 만한 사람은 다 알고 있었다.

이안의 의도적인 정보 유출 때문이다.

"기간테스가 하늘을 날게 해준다는 그 장치 말이야?"

마크가 물었다.

이슈인이 고개를 끄덕이며 대답했다.

"그래. 그게 이 레퀴엠에도 장착이 되어 있는 모양이야."

그 말에 모두의 시선이 레퀴엠의 등으로 향했다. 하지만 그들이 수정구를 통해 본 마법 영상의 그것과 같은 장치는 없었다.

"양산형과는 좀 다르다고 되어 있었어."

일행의 눈에 깃든 의구심의 정체를 알아차린 이슈인이 설명을 보탰다.

"그러니까 결국은 저 녀석이 하늘을 날 수 있다 이것 아니유?"

팬텀이 끼어들었다.

이슈인이 고개를 끄덕였다.

"그렇습니다."

"그러면 방법이 있을지도 모르겠군요."

헤우스가 눈을 빛내며 말했다.

"제가 레퀴엠으로 적의 시선을 끄는 동안 충분히 탈출할 수 있으리라 생각합니다."

헤우스의 말에 이슈인의 고개를 끄덕이며 말했다.

"그렇지요. 마법 영상을 통해 본 랩터2 윙의 위력은 어마어마했으니까요. 충분히 시간을 끌 수 있을 겁니다. 아직 공화국에는 공중에 대한 공격이 가능한 무기는 대포밖에 없으니까요."

"그렇다면 문제는 공주님인데……."

헤우스의 말에 마크가 인상을 찡그리며 중얼거렸다.

레퀴엠과 자신들.

과연 어느 쪽이 더 안전한가에 대한 고민이다.

지금까지의 대화로 이미 탈출 방법은 레퀴엠이 시선을 끌고 자신들은 그 틈을 타 함대로 복귀하는 것으로 결정이 났다. 마지막 문제는 어느 쪽이 아르시안 공주를 맡는가이다.

"내가 맡는다."

이슈인이 한 발 앞으로 나서며 말했다.

마크가 이슈인을 바라보았다. 이슈인 두 눈 가득한 결의를 마크는 충분히 느낄 수 있었다.

마크가 고개를 끄덕였다.

"그래. 그게 좋겠어. 내가 본 바톤 윙의 성능이라면 여차하는 순간 날아서 함대로 복귀할 수도 있을 테니까."

마크는 바톤 윙의 위력을 마법 영상으로 처음 본 순간을 아직도 잊을 수가 없었다. 그 어마어마한 위력이란…… 마크의 말에 모두들 수긍한 듯했다. 그들 역시 바톤 윙의 위력을 본 터였다. 오직 칼버튼만이 여전히 못 마땅한 얼굴을 하고 있을 뿐이다.

기본적인 것이 결정된 후의 논의는 빠르게 진행되었다. 곧 모든 것이 결정되고 이슈인은 아르시안을 안아 들었다.

그리고 훌쩍 뛰어올라 레퀴엠의 콕피트에 올랐다.

레퀴엠의 콕피트는 다른 기종에 비해 넓었기에 아르시안이 있을 만한 공간이 충분했다.

이슈인이 의자에 앉자 콕피트의 덮개가 닫히면서 곧 사람들의 시야에서 이슈인이 사라졌다.

"마나 엔진 기동."

마나 수정구에 손을 올린 이슈인의 낮은 중얼거림에 마나 엔진이 기동음을 내며 가동하기 시작했다.

"여전히 딜레이 타임이 없어."

그 모습을 지켜보던 마크가 놀랍다는 듯 중얼거렸다.

"분명히 이카루스라고 했었지?"

이슈인이 기억을 더듬듯 중얼거렸다.

―그렇다.

아스카론이 당연하다는 듯 답했다.

'등 뒤에서 날개를 펼친다는 듯한 이미지로 기동을 한다고 했었지?'

이슈인은 아스카론이 알려준 방법을 다시 한 번 떠올렸다.

"이카루스 기동."

마른침을 삼킨 이슈인은 천천히 중얼거렸다.

우우웅.

다른 기간테스에 비해 조금 더 튀어나온 등 부분에서 마나 엔진음이 요란히 울렸다. 모두의 시선이 레퀴엠에게로 향했다.

바톤 윙이라 불린 날개와 같은 장치는 여전히 보이지 않았다.

―이미지화가 부족하다. 싱크로율이 모자란다.

이슈인의 머리에 아스카론의 목소리가 울렸다. 그 말에 이슈인은 인상을 찡그렸지만 방법이 없었다.

'하늘을 날아본 적이 없는 것을 어떻게 하란 말이야. 애초

에 사람의 등에는 날개가 없어.'

어떻게든 이미지화하려고 안간힘을 썼지만 쉽지 않았다.

—특별히 이번만 도와주겠다. 이번의 도움 후 나는 두 시간 동안 침묵 상태에 빠진다.

라이더의 싱크로율 상승을 돕는 것은 아스카론에게도 상당히 무리한 일인 듯 이슈인을 만난 후 처음으로 침묵을 이야기했다.

이슈인의 머리에 아스카론의 의사가 전해진 순간.

쿠아아아앙.

레퀴엠의 등에서 울리던 마나 엔진음이 더욱 격해졌다.

일행의 시선은 자연히 그곳으로 향했다. 바톤 윙이라는 장치가 없는데 대체 어떻게 날겠다는 것이냐? 그중 칼버튼의 눈은 그렇게 말하고 있었다.

마나 엔진음이 최고조에 오른 순간.

레퀴엠의 등에서 어떤 기운이 넘실거리기 시작했다. 처음에는 희미하게 넘실거려 과연 무엇인가 눈을 찡그리게 만들었다. 하지만 그것도 잠시였다.

곧 주홍색의 기운이 점점 진해지면서 나타났다.

"저게 뭐지?"

헤우스가 눈을 찡그리며 중얼거렸다. 자신이 본 바톤 윙과는 전혀 다른 형태였다.

"좋아."

아스카론이 지속적으로 보내주는 이미지 덕에 감을 조금 잡은 이슈인의 입가에 미소가 어렸다.

"단번에 간다!"

이슈인이 외치는 순간.

파핫!!!

레퀴엠의 등에서 주홍색의 섬광이 터져 나왔다.

너무나도 강렬하고 폭발적인 순간의 섬광에 다들 눈을 감았다.

그리고 겨우 시력을 회복한 그들은 자신이 본 것을 믿을 수가 없었다.

"맙소사……."

"말도 안 돼!!"

"저게 바톤 윙이라고? 랩터2랑은 완전히 다르잖아!"

모두들 쉬이 믿을 수는 없었지만, 단 한 가지, 레퀴엠이 날 수 있을 거라는 믿음이 생겼다.

그사이 레퀴엠에게 날개가 생겼다.

주홍색의 넘실거리는 기운이 좌우로 활짝 펼쳐져 날개의 형태를 띠고 있었다.

당장에라도 레퀴엠이 땅을 박차고 날아오를 듯했다.

"이런 것인가……."

이슈인은 떨리는 목소리로 중얼거렸다.

레퀴엠과 감각을 공유했기에 등 뒤로 돋아난 날개를 그도 느낄 수가 있었다.

[그럼. 내가 먼저 간다, 맥.]

바깥 쪽을 향해 이슈인이 말했다. 그리고는 대답도 듣지 않고 그대로 박차 올랐다.

무릎을 살짝 굽혔다가 단번에 뛰어오른 레퀴엠은 그대로 천장을 부수고 날아올랐다.

콰콰콰콰쾅!!!

레퀴엠이 천장과 부딪쳐 부수는 소음이 사방으로 울렸다.

"우리도 빨리 움직인다."

마크의 명령에 모두 달렸다. 레퀴엠이 저렇게 부수고 올라가면 곧 이 건물도 무너질 것이다. 이미 마크가 바닥을 부수면서 아래로 내려온 터다. 빨리 나가는 것이 좋았다.

콰아앙!

레퀴엠은 그대로 건물의 최상층까지 뚫어버리고 검은 하늘 위로 날아올랐다.

아직 여명이 오려면 한참은 남은 시간.

검은 어둠이 레퀴엠을 맞이했다.

이슈인은 건물을 벗어나자마자 재빨리 주위를 살폈다.

과연 곳곳에 자이안과 배틀러가 배치되어 있었다. 자신들이 빠져나올 것을 대비한 배치였다.

"저, 저게 뭐야?"

"어떻게!!!"

굉음과 함께 등장한 레퀴엠의 모습에 사방에서 비명과도 같은 소리가 터져 나왔다. 거친 소음과 함께 혼란이 사방을 지배했다.

"저 녀석들을 쓸어버려야 맥이 편하겠지?"

실제로 겪은 것은 아니지만 지식으로나마 어느 정도의 운용 한계를 알게 되었다. 거리낄 것 없이 레퀴엠을 움직이면 될 일이다.

"무기 소환."

이슈인의 중얼거림과 함께 검 한 자루가 레퀴엠의 손에 쥐여졌다.

"간다!"

아직 어떻게 된 상황인지 적들이 파악을 못한 상태다. 그저 갑자기 하늘로 솟구쳐 오른 기간테스에 상황 파악을 위해 우왕좌왕하는 상태다.

짙은 어둠 속에서 주홍빛 날개가 빛났다.

레퀴엠은 빠른 속도로 지상을 향해 날아들었다.

"우아아악!"

"이곳으로 온다! 피해!!"

"아악!"

비명과 함께 덮친 혼란.

그곳으로 레퀴엠의 검이 떨어져 내렸다.

콰앙!

충격과 함께 거친 떨림이 사방으로 퍼져 나갔다.

땅에 일격을 내리친 후 레퀴엠은 곧바로 다시 날아올랐다. 그제야 뒤늦게 자이안들이 그곳으로 모였다. 하늘을 날 수 있는 기간테스에 대한 소문은 이미 공화국의 모든 라이더들에게 퍼져 있었다.

이슈인은 아래를 다시 살폈다. 사방으로 흩어져 건물을 빠져나오는 이들을 기다리고 있던 자이안이 한 곳으로 뭉쳤다. 자신 때문이리라.

아래로 내려오는 순간 몇 기는 방어를 몇 기는 공격을 하려는 생각인 듯했다.

"과연 생각대로 막을 수 있을까?"

이슈인은 자신감이 가득한 미소를 지으며 다시 하강을 시작했다.

[온다!]

[방패 잘 들어!]

지난번 레술트 전선의 마법 영상은 이미 충분히 분석한 터다. 한 기로는 무리일지라도 여러 기가 방패로 함께 막으면 충분히 공중에서 떨어지는 일격을 막을 수 있을 거라는 계산이 나왔다.

세 기의 자이안이 한데 뭉쳐 방패를 치켜들었다. 바로 빠른 속도로 레퀴엠이 날아드는 자리였다.

세 기가 뭉쳐 세 개의 방패를 모으는 순간 레퀴엠의 검이 그곳으로 떨어졌다.

콰앙!

요란한 폭음이 울렸다.

"으윽."

폭음이 울리는 순간 어마어마한 압력이 자이안의 라이더들을 짓눌렀다.

"이익."

안간힘을 다해 버티려 하였으나 역부족이었다. 한순간에 몰아친 어마어마한 위력의 참격은 세 기를 사방으로 날려보냈다.

[수고했어.]

세 기가 버틴 덕분에 상대 기간테스의 양발이 땅에 닿았다. 다시 날아오르기 전에 공격을 해야 했다. 팅겨 나간 동료의 안위는 애써 무시하고 재빨리 검을 찔러 넣었다. 모두 세 기의 자이안이었다.

서걱.

땅에 닿았다고 끝난 것이 아니었다.

번쩍이며 휘둘러진 검에 자이안들의 검이 잘려 나갔다. 그걸로 끝이 아니었다.

"각오해."

레퀴엠이 그중 한 기를 향해 검을 휘둘렀다. 정확히 허리가 양단되어 쓰러졌다.

"어떻게?"

눈앞의 현실이 믿기지 않는다는 듯 자이안의 라이더들이 두 눈을 끔뻑거릴 때, 레퀴엠은 빠른 속도로 움직였다.

남은 두 기를 향해 빠르게 쇄도하며 검을 휘둘렀다. 서걱거리는 소리와 함께 자이안들은 속수무책으로 쓰러졌다.

그야말로 순식간이었다.

이제 이곳에 서 있는 기간테스는 오직 레퀴엠뿐이었다.

이슈인은 사방을 둘러보았다. 더 이상 이곳으로 다가오는 기간테스는 없었다. 다른 지상군들도 어쩔 줄 몰라하며 자신의 움직임에 촉각을 곤두세울 뿐이었다.

그때 빠른 속도로 이곳을 벗어나는 동료들이 이슈인의 눈에 띄었다.

'무사히 갈 것 같군.'

그 모습에 이슈인은 일부러 반대쪽으로 걸음을 옮겼다. 쿵쾅거리며 걸음을 옮기는 기간테스를 따라 병력들도 슬금슬금 움직였다.

도저히 공격을 할 수 없는 상대이나 후퇴할 수도 없었다. 그저 일정한 거리를 유지한 채 눈치를 살피며 슬금슬금 움직일 뿐이다.

이슈인의 입가에 미소가 어렸다.

이제 조금만 더 시간을 끈 후 돌아가면 될 터였다.

"으음……."

그때 자신의 뒤에서 들리는 신음 소리에 이슈인은 고개를 돌렸다.

아르시안의 눈꺼풀이 파르르 떨리고 있었다. 곧 아르시안은 두 눈을 깜빡이며 정신을 차렸다.

"여긴⋯⋯?"

자신을 감금하고 있던 기사에게 잡혔던 것은 기억이 났다. 온몸이 통증에 찌르르 울렸다.

"안심해."

불안한 듯 주위를 두리번거리는 모습에 이슈인이 낮게 말했다. 이제는 거칠어진 목소리다.

"아!"

아르시안은 목소리가 들린 쪽으로 시선을 향하다가 낮은 탄성을 터뜨렸다. 낯선 거친 목소리였지만 의자에 앉아 있는 뒷모습은 너무나 익숙했다.

이슈인이었다.

두 사람의 시선이 허공에서 얽혔다.

"오라버니⋯⋯."

아르시안의 두 눈에서 눈물이 흘러내린다.

"미안해."

그 모습에 이슈인이 낮게 말했다.

"이제⋯⋯."

이슈인은 말을 잇지 못했다. 뒤에서 아르시안이 와락 껴안은 때문이다.

"다시는 못 보는 줄 알았어요. 다행이에요. 정말 다행이에요."

이슈인을 뒤에서 껴안은 채 아르시안은 그렇게 말하며 흐느꼈다.

"이제는 괜찮아. 앞으로는 절대 그런 일은 없을 거야."

이슈인이 담담하게 말했다.

너무나 거친, 청각을 자극하는 소리였지만 아르시안은 그 목소리가 세상 어느 목소리보다도 달콤했다.

"이슈인……."

아르시안이 고개를 들어 이슈인과 눈을 맞췄다.

두 사람의 시선이 다시 한 번 얽혀든다.

누가 먼저랄 것도 없이 천천히 서로를 향해 다가갔다.

살며시 닿는 두 사람의 입술.

살며시 닿은 입술은 곧 격정적인 키스로 화했다. 두 사람은 비로소 그렇게 다시 만났다.

CHAPTER 3
박스터 통령

"저, 저게 뭐지?"

아직 새벽이 되기에는 많이 이른 깊은 밤. 하지만 리퍼블릭의 성벽을 향한 비바체 함대의 포격 때문에 이 깊은 밤에도 잠들지 못하고 있던 리퍼블릭의 시민들은 검은 하늘에 주홍빛 날개를 펼치고 있는 무언가를 보았다.

주홍빛 날개는 밝게 빛나고 있기에 쉬이 볼 수 있었지만 그것이 무엇의 날개인지는 알아볼 수가 없었다.

그것은 자신의 집무실에서 포격에 대한 대책에 골몰하고 있던 박스터 통령의 두 눈에도 똑똑히 보였다.

박스터 통령은 창가로 걸어와서 가만히 검은 하늘의 주홍

날개를 바라보았다.

"허……."

어이가 없다는 듯한 허탈한 음성.

완벽했다.

자신의 기억 속에 있는 고대 마도 시대의 그것과 완전히 똑같았다.

이전에 보았던 그것은 초기의 기종에 불과했었다면 이것은 그야말로 완성형인 것이다.

"완전한 이카루스라… 이것을 어떻게 받아들여야 하지? 메틀라인에서 바톤 윙이라 부르는 초기 형태의 이카루스를 본 것이 불과 며칠 전인데… 그런 메틀라인에서 완성형의 이카루스를 개발했을 리도 없고, 대체 저건……."

박스터는 도무지 믿을 수 없다는 눈으로 하늘을 바라보았다. 어림짐작으로 보아도 위치는 분명 아르시안 공주를 감금해둔 곳이다. 레지스탕스들을 유인하기 위해 만든 함정이 있는 곳에 나타난 이카루스.

"그곳에 간 녀석들은 레지스탕스를 제외하면, 메틀라인 녀석들뿐인데……."

혼란스러웠다. 있을 수 없는 일이 일어났다.

"칼라볼크와 이카루스라… 골치 아프군. 이대로라면 이번 전쟁은 더 이상 가망이 없어."

의자에 털썩 주저앉은 박스터는 얼굴을 찡그리며 낮게 중얼거렸다. 손가락으로 책상을 톡톡 두드리며 생각에 잠겨 있기를 한참. 이윽고 결심을 했는지 그의 두 눈에 결연한 빛이 떠올랐다.

"어쩔 수 없는 일이지."

스스로에게 변명하듯 중얼거린 박스터는 천천히 걸음을 옮겨 자신의 관저로 향했다.

*　　　　*　　　　*

"이럴 수가……."

02시 50분의 시각.

쉬이 잠을 이룰 수 없었던 이레아가 레퀴엠이 보관된 곳으로 걸음을 옮겼다.

이제 리크리에이트의 과정이 거의 막바지에 이르렀을 때인지라 대체 어떤 모습으로 레퀴엠이 탄생할 것인가에 대한 기대가 너무 컸다. 그 기대가 그녀의 잠을 설치게 만들었다.

두근거리는 가슴을 안고 마지막 문을 열었을 때, 이레아는 텅 빈 레퀴엠의 자리를 보았다.

어떻게 이렇게 감쪽같이 사라진 것일까?

"레퀴엠이 완성되기 전에는 아스카론은 아무것도 하지 못한다고 했던 것 같은데……."

한데 레퀴엠이 사라졌다, 아스카론과 함께.

그렇다면,

"리크리에이트가 끝났다는 거네. 예상보다 조금 빨랐네. 바톤 윙 때문에 조금 늦을 줄 알았는데……."

이레아의 목소리에는 아쉬움이 가득했다.

아스카론에게 레퀴엠의 리크리에이트를 부탁한 순간부터 레퀴엠은 이미 바첼러 백작가와 메틀라인 왕국의 것이 아니었다. 아스카론과 연결이 된다는 것은 곧 그것이 아스카론의 것이 된다는 뜻이다.

아스카론이 자아를 가지고 있는 때문이다.

"그렇다면 사이몬 경이 불렀다는 것인가? 큰 일이 없어야 할 텐데……."

공화국의 한가운데에 가 있을 사이몬, 즉 이슈인에게 생각이 미친 이레아는 걱정스레 중얼거렸다.

*   *   *

04시 정각.

아르시안 공주의 구출을 위해 리퍼블릭에 침투했던 이들은 모두 무사히 비바체 함대에 복귀했다. 이슈인과 아르시안도 물론이다.

레퀴엠의 갑작스러운 등장에 함대는 잠시 혼란에 빠졌지만 마크의 설명으로 곧 정리가 되었다. 오히려 강변의 자이안들이 더욱 큰 혼란에 빠졌다.

이슈인과 아르시안 공주의 도착을 끝으로 복귀가 끝났다.

바츠란 사령관은 05시까지 예정되었던 포격을 04시 05분에 중지했다. 이미 충분한 소득을 거두었다는 판단 때문이었다.

사실 포격을 05시까지 계획한 것 자체가 아르시안 공주의 구출을 돕기 위함이었기에 목적이 달성된 지금 계속해서 적국의 한가운데에 있을 이유가 없었다. 바츠란 사령관의 명령에 따라 모든 함선들은 포격을 중단하고 재빨리 선수를 돌렸다.

마지막까지 엄호하던 한 척이 선수를 돌리고 항해를 시작하자 함대는 빠른 속도로 강을 미끄러졌다. 강의 흐름을 따라 하류로 내려가는 것이었기에 속도는 더욱 빨랐다.

강변에 있던 공화국의 군대는 그 모습을 그저 허망하게 바라보았다.

도무지 어떻게 할 수가 없었다.

믿을 수 없는 위력의 포격에 더해 갑자기 나타난 하늘을 나는 기간테스라니.

어떻게 할 방법이 없었다.

아르시안 공주의 구출 성공 소식은 빠르게 왕궁에 전해졌다. 더해서 레퀴엠에 대한 소식도 전해졌지만 그것은 오직 엠피엘 국왕에게만 전해졌다.

구출대의 마법 통신에 대한 접근이 철저히 차단되고 모든 보고를 바츠란 사령관이 한 탓이다.

"젠장. 어서 알려야 하는데……."

손톱을 잘근잘근 씹으며 칼버튼이 불안한 얼굴로 중얼거렸다. 일단 함대에 오른 이후부터 마음대로 되는 것이 없었다. 더욱이 본가에 소식을 전할 방법이 전혀 없으니.

자신이 대체 왜 이곳에 왔는지 알 수가 없었다.

이슈인의 생존과 레퀴엠이라는 기간테스에 대해서는 무슨 일이 있어도 알려야 하건만 그러지 못하는 현실이 그를 초조하게 만들고 있었다.

리퍼블릭의 포격으로부터 이틀이 흘렀다.

비바체 함대는 모든 작전을 성공하고 비바체 항으로 유유히 돌아가고 있었다. 현재 레술트 방어선이 상당히 북쪽으로 이동되었다. 리퍼블릭에 대한 직접 포격의 효과와 랩터2 윙의 활약 덕이었다.

이슈인과 마크 등은 모처럼 여유로운 시간을 보내고 있었다. 일단 본국에 도착하기 전까지는 자신들이 할 일이 없었다.

이제 아르시안 공주도 어느 정도 안정을 찾은 터였다.

"그 물건은 대체 어떻게 된 거야?"

이틀이 지났건만 아직도 믿을 수가 없었다.

"나도 잘 몰라."

계속 같은 대답에 마크는 그야말로 미치고 팔짝 뛸 노릇이었다. 직접 기간테스를 조종한 당사자가 저렇게 모른다고 하니 어떻게 믿을 수 있는가 말이다.

더군다나 잔뜩 거칠게 변해 버린 목소리가 더욱 신경을 긁었다.

갑판의 난간에 서서 바다를 바라보며 두 사람은 지난 이틀간 반복해 온 대화를 다시 나누고 있었다.

"여기에 계셨네요."

그때 뒤에서 들려온 목소리에 두 사람은 몸을 돌렸다.

"아르시안 공주님을 뵙습니다."

마크가 정중히 예를 취하며 허리를 숙였다.

마크의 인사에 답을 한 아르시안이 이슈인을 뚫어져라 바라보았다. 그녀의 시선에 이슈인이 손가락으로 뺨을 긁적였다.

"아직도 적응이 안 돼?"

이슈인이 머쓱하게 묻자 아르시안이 고개를 끄덕였다.

"대체 어쩌다가 이렇게 된 거예요?"

재회를 했을 때는 몰랐으나 안정을 찾으니 이슈인의 얼굴이 그녀의 가슴을 아프게 했다. 대체 무슨 일을 겪었기에 저렇게 얼굴이 망가진 것일까. 얼마나 힘들었을까.

그런 생각이 몰려들면서 이슈인의 얼굴을 볼 때마다 마음이 아팠다. 그런 그녀의 반응에 오히려 이슈인이 머쓱해했다. 더더군다나 대체 왜 자신의 얼굴과 목소리가 이렇게 되었는지 알 수 없었기에 더욱 머쓱했다.

'그 사람과 관련이 있으려나?'

아르시안을 구하려 할 때 기억 속에 떠올랐던 사람. 라이트 바디 런의 위력을 극대화할 수 있게 해준 사람. 만났기에, 그리고 가르침을 받았기에 기억에 있는 것이리라. 그런데 그 이후 그 사람에 대한 다른 기억은 전혀 없었다.

그랬기에 이슈인은 그 사람이 자신이 잃은 기억과 관련이 있지 않을까 하고 짐작할 뿐이다.

*   *   *

"허. 이 녀석은 왜 안 오지?"

신호를 보낸 지 벌써 사흘이 흐른 아침이다. 그러면 다른 일이 있어도 어느 정도 정리를 한 후 온다 하더라도 충분한 시간이다. 그런데 아직도 오지 않았다.

아크가 하늘을 올려다보며 답답한 듯 중얼거렸다. 미친 듯이 마법에 파고들어 드디어 기억을 찾아줄 수 있게 되었건만 자신을 찾지 않다니.

겨우 사흘이 흘렀을 뿐인데 아크는 조금씩 인내심이 떨어짐을 느낄 수 있었다.

자신의 평소 모습이라면 절대 있을 수 없는 일이다.

기억을 찾기를 간절히 원하던 사이몬의 얼굴이 떠올라 더욱 열심히 마법에 매진했고, 결국 완성했다. 사이몬이 기뻐할 얼굴이 떠올라 흐뭇한 웃음이 절로 나왔다.

어서 불러서 기억을 찾아주는 기분 좋은 기대를 하고 있기 때문일까. 점점 기다리는 일이 어려워지고 있었다.

"응?"

그때 아크의 감각을 자극하는 기운의 움직임이 있었다. 아크의 두 눈이 날카롭게 빛났다.

"여기부터는 걸어가는 것이 좋겠지?"

공간 이동을 통해 슈프림 왕국의 정선 지역에 나타난 이는 박스터였다. 공화국의 혁명을 성공시키고 통령의 자리에 오른 박스터가 공간 이동을 사용할 수 있다니, 대체 어떻게 된 일인가. 세상에 알려진 그는 절대 마법사가 아니었다.

남쪽을 향해 조금만 움직이자 작은 마을이 나타났다.

이슈인이 사이몬이라는 이름으로 처음 발을 디딘 마을이었다. 로브를 몸에 두르고 후드를 깊숙이 써 얼굴을 가린 박스터는 거침없이 마을을 가로질렀다. 이른 아침인 탓에 거리에 사람은 별로 없었다. 목적지가 정해진 바 망설일 이유가 없었다.

박스터의 걸음은 빨랐다. 그는 어느새 정선 지역의 숲에 들어섰다.

산맥의 험난함은 박스터에게는 아무것도 아닌 것 같았다. 걸음을 옮기는데 힘들어하는 기색이 전혀 없었다. 후드 아래의 얼굴도 너무나 태연했다. 땀 한 방울 흘리지 않았다.

얼마나 그렇게 걸었을까?

박스터의 표정이 점점 엄숙해졌다.

무척이나 존경하는 어떤 대상을 향해 가는 사람과도 같은 얼굴이었다.

그리고 나서 얼마나 더 갔을까. 울창한 나무들이 태양을 가려 어둑어둑한 길을 지나 깎아지른 듯한 절벽 위에 발을 디뎠다.

박스터는 잠시 아래를 내려다보았다.

그리고는 망설임없이 아래로 훌쩍 뛰어내렸다.

그의 몸은 마치 무언가가 감싸서 아래로 데려다 주는 듯이 천천히 날아내렸다.

박스터가 바닥에 두 발을 디뎠을 때 그는 강렬한 투기를 느낄 수 있었다. 박스터의 시선이 그곳으로 향했다. 투기의 주인이 누구인지는 이미 알고 있었다.

"기분 나쁘군. 하찮은 인간 따위가 감히 나에게."

"그러는 네놈도 지금은 인간이다만."

박스터의 말에 아크가 피식 웃으며 대꾸했다.

"뭐, 유희 중이니 틀린 말은 아니지만 이건 어디까지나 일시적인 모습일 뿐. 내가 하찮은 인간이 된 것은 아니다."

박스터가 살짝 눈살을 찌푸리며 말했다.

그는 분명 유희라고 했다. 자신은 인간이 아니라는 말.

"그래서, 위대한 존재이신 드래곤께서 이 하찮은 인간이 기거하는 곳에는 어쩐 일이지?"

아크의 목소리가 곱지 않았다.

그는 도무지 눈앞의 저 종자가 마음에 들지 않았다. 알아온 세월이 기백 년을 넘겼건만 첫 만남 이후 지금까지도 줄곧 싫었다. 딱히 드래곤이 싫은 것이 아니다. 그가 싫어하는 것은 지금 그의 눈앞에 있는 존재, 그 자체였다.

"이곳은 그분의 거처일 뿐이다. 네놈이 마음대로 이곳에 있는 것이지."

"난 친구의 부탁으로 이곳에 있을 뿐이야."

"흥. 핑계일 뿐."

박스터 역시 아크를 무척이나 싫어하는 듯했다. 그의 목소리에는 시종일관 적대감이 가득했다. 생사대적이라도 만난 듯한 모습이었다.

박스터는 아크는 아무 상관도 없다는 듯 거침없이 걸음을 옮겼다. 그가 향하는 곳은 동굴의 입구였다.

꽉!!

박스터가 막 동굴 안으로 발을 들여놓으려는 찰나 어디선가 날아온 창이 바로 그 앞에 박혔다.

바닥에 박힌 창대가 파르르 떨렸다.

창을 힐끗 본 박스터가 고개를 돌렸다.

그의 시선의 끝에는 아크가 있었다.

"누구 마음대로 그곳에 들어가는 거지?"

아크의 목소리에 날이 바짝 섰다.

"내 마음대로."

"그곳은 친구의 부탁으로 내가 지키는 곳이다."

"나는 이곳의 모든 것을 받을 정당한 권리를 가지고 있다."

아크의 말에 박스터는 몸을 돌리고 가슴을 당당히 펴고는 말했다. 그의 말에 아크가 피식 웃었다.

"훗. 그건 네놈이 일족의 인정을 받았을 때 이야기고."

아크의 이죽거림에 박스터의 눈꼬리가 파르르 떨렸다.

아크가 박스터의 약점을 직통으로 후벼판 것이다.

"감히 하찮은 인간 따위가……."

박스터의 몸 주위로 마나가 요동을 쳤다. 박스터가 뿜어내는 기세에 거친 바람이 불기 시작했다.

하지만 아크는 한 점의 변화도 없었다. 너무도 당당하게 서 있었다. 입가에 작은 미소까지 띠고서 말이다.

"자꾸 인간 앞에 '하찮은'이라는 말을 붙이는데, 인간은 그렇게 만만한 존재가 아니다."

아크가 한 발 앞으로 걸으며 말했다.

"네놈이 특별한 것은 인정을 하지. 하지만 그래 봤자 인간은 하찮코도 미천한 존재야."

박스터가 아크를 노려보며 말했다.

아크의 분위기도 조금씩 살벌하게 변했다.

"특별하다고는 하지만 나 또한 인간이지."

아크 주변으로도 기운이 넘실거리기 시작했다.

"네놈이 페니카이아 님과 백 년 정도를 보내더니 아주 겁을 상실했구나. 그나마 페니카이아 님께서 인정한 인간이라 조금 대우를 해주었더니."

눈을 부릅뜬 박스터의 주위로 기운이 폭풍처럼 휘몰아치기 시작했다. 이미 몸을 돌리고 있던 그는 한 발, 한 발 아크를 향해 다가갔다.

"바스테리안, 로드의 계승자임에도 불구하고 일족의 인정을 받지 못해 로드가 되지 못한 놈이 자존심만 세군. 네놈 덕에 골드 일족은 벌써 오백 년째 로드 자리가 공석이지 않나? 빨리 인정을 받을 생각은 하지 않고 유희라며 인간 세상에 혼란만 주는 녀석이 인간을 하찮다 무시하느냐."

아크가 박스터를 향해 다가가며 오른손을 치켜들었다. 그러자 땅에 박혔던 창이 순식간에 아크의 손으로 돌아왔다.

두 사람의 기세 싸움에서 나온 대화는 놀라웠다.

박스터는 본래 바스테리안이라는 이름을 가진 골드 드래곤이었다. 그리고 아크가 이슈인에게 말했던 친우란 바로 전대 골드 드래곤의 로드였던 페니카이아였다. 더군다나 아크는 인간으로 벌써 몇백 년의 세월을 살아오고 있었다.

아크가 창을 움켜쥐는 순간 박스터의 양손에 어마어마한 양의 마나가 모여들었다.

"느려."

아크의 모습은 순식간에 사라졌다. 하지만 박스터, 아니, 바스테리안은 당황하지 않고 한 곳을 향해 오른손을 뻗었다.

"피어스 블리자드!"

시동어와 함께 날카롭게 벼려진 얼음 폭풍이 몰아쳤다.

"약해."

번쩍이는 섬광이 이는가 싶더니 얼음 폭풍은 흔적도 없이 소멸되었다.

그리고 어느새 바스테리안의 목 앞에 닿아 있는 아크의 창 끝.

바스테리안은 왼손에 모은 마나는 사용도 못하고 아크에게 제압당했다.

참으로 놀라운 일이다.

비록 인간의 모습으로 폴리모프하고 있었다 하지만 순식간에 인간이 드래곤을 제압하다니. 과연 아크의 실력은 어느 정도란 말인가.

"역시 본체가 아니곤 상대가 안 되는군."

"본체라도 어림없다, 네놈이 로드의 인장을 얻지 못하는 한."

"훗."

아크의 말에 바스테리안은 씁쓸하게 웃었다.

퍽.

"크윽."

바스테리안이 쓴웃음을 짓는 찰라 아크의 창대가 그의 명치 깊숙이 박혔다.

바스테리안은 순간 숨이 턱 막혔다. 아무리 드래곤이라 하나 지금은 인간의 모습. 명치를 정확히 가격 당하니 그라도 별수없었다.

"네, 네놈이……."

설마 아크가 정말로 자신을 칠 줄을 몰랐다는 얼굴로 바스테리안은 아크를 노려보았다. 그의 음성에는 분노가 가득했다.

"받아라!"

이를 악물고 바스테리안이 왼손을 뻗었다. 왼손에 응집해 있던 마나가 폭풍처럼 아크를 덮쳤다. 순수한 마나 그 자체로의 공격.

아크는 입가에 조소를 머금으며 빠르게 물러났다. 그야말로 바람과도 같은 신법이었다.

쾅!

요란한 폭음이 계곡을 뒤흔들었다.

"헤븐즈 플레임(Haven's Flame)!"

시동어와 함께 새하얀 불꽃이 바스테리안의 손끝에서 일었다. 천국의 불꽃이라는 말이 무색할 정도로 흉포한 마법이었다.

아크는 그런 마법 앞에서도 전혀 변화가 없었다.

아니, 오히려 불꽃을 향해 뛰어들었다.

창끝을 쭉 뻗고 아크가 돌진하자 하얀 불꽃은 좌우로 갈라졌다. 감히 범접할 수 없다는 듯 바스테리안의 마법은 아크에게 아무런 타격을 주지 못했다.

"이익."

그 모습에 바스테리안은 이를 악물었다. 곧 다른 마법을 사용하려는 찰나.

퍽.

다시 한 번 명치에 충격이 전해졌다. 조금 전 맞은 곳과 한 치의 오차도 없었다.

완벽하게 같은 곳에 재차 가해진 충격.

"크윽."

그 충격에 바스테리안은 사용하려던 마법을 사용하지 못했다.

퍽! 퍼퍽! 퍽!

이번에는 한 번으로 공격이 끝나지 않았다. 창대가 폭풍처럼 휘몰아치며 바스테리안의 온몸을 가격했다.

"으윽."

드래곤 체면상 차마 비명을 지르지는 못하고 그저 고통에 찬 신음만을 흘렸다.

그런 바스테리안을 차가운 눈으로 내려다보는 아크의 손 속에는 한 점의 자비도 없었다.

"블링크."

계속되는 고통에 익숙해졌기 때문인지 바스테리안은 겨우 겨우 일으킨 마나를 사용해 근거리 공간 이동 마법을 펼쳤다.

시동어가 끝나는 순간 바스테리안은 그곳에서 사라졌고 아크의 창대는 허공을 갈랐다.

하지만 창대가 허공을 채 반도 가르기 전에 아크의 모습 역시 사라졌다.

"헉헉헉."

블링크에 이어 플라이 마법을 펼쳐 계곡 한가운데의 하늘에 떠오른 바스테리안은 거친 숨을 몰아 쉬었다. 온몸이 욱신거린다. 로브는 이미 형편없이 망가져 있었다.

잔뜩 헝클어진 머리가 현재 그의 상태를 일목요연하게 보여주었다.

"무식한 인간 놈 같으니……."

절로 이가 갈렸다. 자신이 본체였더라면 이렇게 형편없이 당하지 않았을 것이다. 하지만 순간의 분을 이기지 못해 본체로 돌아갈 수는 없었다. 그러면 그 순간 자신의 유희는 끝이다.

자신의 주장을 증명하기 위해 시작한 유희다. 아직 제대로 증명하지도 못했는데 이렇게 끝낼 수는 없었다.

파파파팟.

그때 무언가가 땅을 박차는 소리가 바스테리안의 귀에 들렸다.

대경한 바스테리안이 소리가 들리는 곳을 보았다.

아크였다.

절벽을 박차며 빠른 속도로 오르고 있었다.

현재 바스테리안의 위치는 정확히 양쪽의 절벽 한가운데였다. 계곡의 폭이 생각보다 넓었기에 한쪽 절벽에서 이곳까지 절대 올 수 없을 것이다.

하지만 바스테리안은 불안했다.

저 무식한 놈이 대체 무슨 짓을 저지를지 몰랐다.

"그, 그만!"

바스테리안이 황급히 손을 뻗으며 외쳤다.

자신에게 승산이 없음을 이미 충분히 절감했다. 더군다나 이곳은 자신이 존경하는 페니카이아의 레어다. 이곳에 손상을 줄 정도의 강한 마법을 사용할 수 없는 이상 창 한 자루로 무지막지하게 자신을 두들겨 패는 아크를 이길 방도는 없었다.

바스테리안의 외침에 아랑곳 않고 아크는 절벽을 오르던 힘을 도약력으로 바꿔 절벽을 박찼다. 아크는 창끝을 바스테리안에게로 겨눈 채 빠른 속도로 날아들었다.

바스테리안은 더 높은 곳으로 날아오를 생각도 하지 못한 채 황급히 외쳤다.

"그만하라고! 내가 잘못했어!"

바스테리안이 하찮다, 하찮다 하던 인간에게 잘못했다고 했다. 참으로 놀라운 일이다.

"쳇."

그 말에 아크는 무언가 아쉽다는 듯 창을 치우고는 바스테리안을 그대로 지나쳤다. 그리고 완만한 곡선을 그리며 아래로 떨어졌다. 아니, 떨어지는 것 같다 싶은 순간 허공에서 멈췄다.

그리고는 천천히 허공을 계단을 밟듯 하면서 걸어 내려왔다.

아크에게 그런 능력이 있음을 알았기에 바스테리안은 그 상황에서 더 높은 곳으로 날아올라 피할 생각을 하지 못한 것이다.

"이곳을 소란스럽게 한 것은 이 정도로 용서해 주지."

바스테리안이 바닥에 내려서자 아크가 살짝 웃음을 머금으며 말했다. 은근한 조롱이 담긴 웃음이다.

"여기는 무슨 일이지?"

아크의 물음에 바스테리안은 똥 씹은 얼굴로 되물었다. 몰골도 몰골이지만 자신이 아크에게 사과를 했다는 것은 치욕

중의 치욕이었다.

　과거에도 몇 번 경험은 있지만 페니카이아가 자연으로 돌아간 이후로는 처음이었다. 그만큼 치욕은 더욱 컸다.

　"네 녀석 혹시 최근 이곳에 인간을 들인 적이 있나?"

　"그게 무슨 말이야?"

　이슈인의 일이 있었기에 속이 뜨끔했으나 태연한 얼굴로 말했다. 몇백 년을 살아온 연륜 때문인지 바스테리안은 아크의 표정에서 아무것도 읽을 수 없었다.

　"칼라볼크와 이카루스가 나타났다, 그것도 한 왕국에서."

　"호오. 놀라운걸."

　아크가 정말로 놀랐다는 표정을 지었다.

　페니카이아와 함께한 백 년 동안 아크는 그에게서 많은 지식을 얻을 수 있었다. 그중 고대 마도 시대에 대한 지식 또한 있었다. 그랬기에 칼라볼크와 이카루스가 어떤 것이고 어떤 위력을 지니고 있는지 정도는 아주 잘 알고 있었다.

　"그 정도면 당장에 대륙을 통일할 수 있겠는걸."

　"칼라볼크는 아직 조잡한 수준이야. 그 정도로는 절대 육상에서는 사용할 수 없다. 단지 이카루스가 문제야. 기록이 정확하고 내 기억이 틀리지 않았다면 그것은 분명 마도 시대의 최종 완성형의 이카루스였다. 나도 책에서밖에 보지 못했지만 분명해."

　바스테리안은 아직도 그 사실을 믿지 못하겠다는 얼굴로

말했다.

"그래서 이곳을 찾아왔나?"

"당연하지, 그것에 대한 기록이 새어나갈 만한 곳은 이곳 뿐이니까."

"나를 너무 못 믿는데?"

"네놈은 인간이니까."

바스테리안의 대답에 아크는 피식 웃었다. 대꾸할 가치가 없다는 의미의 웃음이었다.

"얼마든지 확인해 봐."

아크가 동굴 입구에서 멀찍이 떨어졌다. 그런 의심을 가지고 왔다면 절대 바스테리안을 막을 수 없었다. 자신은 결백했기에 아크는 순순히 그가 동굴, 그러니까 페니카이아의 레어에 들어가는 것을 허락했다. 그곳에는 페니카이아가 아크에게 남긴 유산이 있었다. 그중 절반 정도는 바스테리안이 로드가 되는 순간 가지고 갈 것이었다.

골드 일족 로드의 의무인 역사의 기록과 보존을 위해서.

레어에 들어갔던 바스테리안이 한참 후에 나왔다.

"이곳은 아니군."

바스테리안이 고개를 저으며 말했다.

"당연하지."

"그런데 네놈 요즘 마법을 익히나?"

"그게 무슨 상관이야?"

"기억 관련 마법서 한두 권을 최근에 본 흔적이 있더군. 갑자기 무슨 일인지는 모르겠지만 마법에는 아무 소질도 없는 놈이 별일이군."

"조금 더 맞을까?"

아크가 창을 꺼내 들며 아크를 노려봤다.

"됐다. 그럼 난 이만 간다."

바스테리안은 그 말을 남기고는 훌쩍 뛰어올랐다. 어느새 마법을 펼쳤는지 그의 몸에 난 상처와 형편없이 망가진 로브는 모두 원상태로 돌아와 있었다. 절벽 위를 순식간에 오른 그는 처음 왔던 곳으로 걸음을 옮겼다.

드래곤 로드이자 자신의 멘토였던 페니카이아를 존경하는 마음에 바스테리안은 이곳을 찾을 때면 항상 정선 밖의 지역에서부터 걸어왔다가 걸어갔다.

"젠장. 저놈은 꼭 남의 약점을 건드려."

그 옛날, 페니카이아가 살아 있을 때.

아크는 그에게서 몇 가지의 마법을 배웠었다. 그때도 재능은 없었다. 페니카이아가 반드시 익혀야 한다고 한 마법 몇 가지를 익히는데도 엄청난 고생을 했다.

그때 그 모습을 보고 한껏 비웃었던 이가 바로 바스테리안이었다. 물론 비웃음에 대한 응징은 했었다.

머리를 긁적인 아크는 하늘을 잠시 보고는 동굴로 들어갔다.

그리고 레어를 살폈다. 혹 유산을 받을 자격이 없음에도 가지고 간 유산이 없나 확인하기 위해서다. 만일 그런 것이 있다면 회수해야 했다. 그것이 자신의 친구가 자신에게 유언으로 남긴 부탁 중 하나였다.

"뭐, 살펴만 보고 간 모양이군."

대강 훑어보았지만 딱히 빠진 것은 없었다.

아크는 고개를 끄덕이고는 레어 밖으로 나왔다.

아크는 마법에는 정말로 소질이 없었다. 그래서 알아차리지 못했다. 몇몇 책에 마법의 기운이 덧씌워져 있음을 말이다. 아크가 절대 알아차리지 못할 높은 수준의 마법이 아주 은밀히 펼쳐져 있었다.

"그나저나 대단하군. 설마 지금의 인간들이 고대 마도 시대의 병기들을 되살려 내다니 말이야."

사실 아크는 아직도 바스테리안의 말이 믿기지 않았다. 페니카이아에게 듣기로 마도 시대는 신의 의지에 의해 종말을 고한 시대였다. 너무나 강력해진 마법의 힘에 신이 직접 개입을 했다 했었다. 그랬기에 그 시대의 기록 대부분을 수거해서 드래곤과 신전에서 지키게 했다.

인간들에게 남아 있는 것이라고는 단편적인 조각조각의 기록들뿐이다.

사실 마나 엔진의 개발 자체도 놀랍기는 했다.

하지만 초기 수준의 조잡한 엔진이었고 그것만으로 마도

시대의 병기들을 되살리는 것이 불가능하다는 판단에 그냥 두었다. 마나 엔진이 인간의 삶을 더욱 윤택하게 해줄 것이라는 판단도 있었기 때문이다.

기간테스라는 이름으로 타이탄을 다시 만들어냈지만 마도 시대의 그것에 비하면 그야말로 어린아이 수준이었다. 그랬기에 드래곤들도 침묵을 지키고 있는 것이다.

그런데 칼라볼크와 이카루스라면 이야기는 달라진다.

현재 어떤 수준인지 알 수는 없지만 도가 지나치다고 판단되면 분명 어떤 개입이 있을 것이다.

"지난번에 본 녀석 정도로는 턱도 없는데 말이지."

아크는 뺨을 긁적이며 중얼거렸다.

자신의 공격에 그렇게 허무하게 당할 정도라면 아직 멀어도 한참은 멀었다는 생각이 들었다.

"그나저나 이 녀석은 너무 늦는군. 바스테리안 녀석에게 놀림까지 받았는데 말이야. 그냥 이곳으로 부를까?"

아크는 정말로 진지하게 고민했다.

사이몬—이슈인—에게 말하지 않았지만 사실 아크가 준 반지에는 한 가지 마법이 더 내장되어 있었다. 혹시 모르는 만약을 위한 마법이었다.

그것은 바로 소환 마법이었다. 지정된 곳에서 마법을 발동시킬 수 있고 그 즉시 반지를 끼고 있는 사람은 처음 반지가 만들어질 때 정해진 좌표로 공간 이동이 되는 것이다.

바스테리안이 속을 살짝 긁은 덕일까, 괜히 사이몬이 보고 싶었다.

게다가 마법이 완성되었다고 신호를 보내고 벌써 며칠이 지나도록 기미가 안 보이니.

"역시 그냥 내가 부르는 편이 낫겠어. 이렇게 안 와서야."

고개를 끄덕이며 결정을 내린 아크는 레어로 들어갔다. 그곳에 사이몬에게 준 반지와 짝을 이루는 반지가 있었다.

*   *   *

10월 14일. 10월 11일 자정부터 시작된 작전을 무사히 마치고 공화국의 수도인 리퍼블릭을 떠난 지 사흘이 지났다.

모든 목적을 이루었기에 항해는 순조로웠다.

비바체 항을 떠날 때의 결연한 긴장감과는 비교할 수 없는 평온함이 일행을 감싸주었다.

칼버튼만이 어떻게든 자신이 알고 있는 정보를 본가에 전할 방법을 마련하기 위해 전전긍긍하고 있을 뿐이었다.

이슈인이 멍하니 바다를 바라보고 있었다.

정신을 차렸을 때 자신은 이미 이 배를 타고 있었다. 대체 그 사이 자신에게 무슨 일이 있었던 것일까?

아르시안을 만나 그녀를 위로하는 한편 짬짬이 시간을 내서 자신의 상태를 점검해 보았다. 나벨과 싸울 때 몰라보게 강해진 자신의 실력에 놀랐기에 어느 정도인지 확인하기 위해서였다.

결과는 믿을 수 없을 정도였다.

본국에 도착하는 대로 제대로 검을 휘둘러봐야 할 것 같지만 그저 자신의 몸을 흐르는 마나를 살피는 것만으로도 엄청난 진보를 이루었다는 것을 알 수 있었다. 도대체 자신이 기억하지 못하는 동안 무슨 일이 있었던 것일까. 그것이 가슴 한쪽을 답답하게 만들었다.

"이슈인 오라버니."

뒤에서 들리는 목소리에 이슈인이 고개를 돌렸다. 이미 그녀가 온 기척을 알고 있었지만 일부러 그녀가 자신을 부를 때까지 기다렸다.

"왔어?"

짧은 반김에 아르시안은 미소를 지어 답했다.

"괜찮으세요?"

지금 이슈인의 상태에 대해서는 마크에게 들은 터다. 마크는 다른 사람은 몰라도 아르시안만큼은 반드시 알아야 한다는 생각에 은밀히 그녀에게 지금 이슈인의 상태에 대해 전했다.

"무슨 말이야?"

이슈인은 아직 그 사실을 몰랐다.

"마크 경에게 모두 들었어요."

아르시안의 말에 이슈인의 표정이 살짝 찌푸려졌다.

"녀석. 쓸데없는 말은……."

아르시안에게 걱정을 끼치고 싶지 않았기에 일부러 말하지 않았다.

이슈인의 그런 표정에도 아르시안은 웃으며 그의 곁에 섰다. 그리고 부드럽게 팔짱을 끼며 바다로 시선을 던졌다.

"참 인상적인 사람이 있었어요."

바다를 바라보며 아르시안이 낮고 부드러운 목소리로 입을 열었다.

"참 경황이 없는 중에 잠깐 봤지만 정말 놀랐지요. 얼굴은 보기 싫게 일그러져 있었지만, 그 눈빛이 대단했거든요. 의지가 강하고 강인한 사람이었어요. 제가 잠깐 봤던 사이몬 경은요."

아르시안의 말에 이슈인이 딱딱하게 굳었다.

그런 변화를 느꼈음인가. 아르시안을 팔짱을 풀고는 배의 난간에 등을 기대고 이슈인을 마주 보았다.

"뭘 그렇게 놀라세요?"

"아……."

자신을 빤히 바라보는 아르시안에게 이슈인은 아무 말도 할 수 없었다.

"너무 걱정하거나 답답해하지 말아요. 적어도 사이몬 경은 훌륭한 사람이었어요. 오라버니 자신을 믿으세요. 설령 기억이 없는 상태였다 해도 오라버니답게 있었으니까요."

그 말과 함께 그녀가 미소를 지었다.

잠시 눈부신 미소를 바라보던 이슈인은 고개를 끄덕였다.

"알았어. 그만 이쪽으로 와. 위험해 보여."

망망대해를 항해하는 거대한 전함의 난간이다. 그 뒤로 넘어갈 리는 없었지만 바로 밑으로 보이는 물살은 아찔했다.

"괜찮아요."

이슈인의 말에 아르시안은 하늘을 향해 팔을 벌리며 이슈인을 바라보았다, 자신은 아무렇지도 않다는 듯이.

하지만 이슈인이 보기에는 그저 위태로울 뿐이다.

손을 뻗어 그녀의 손목을 잡아 자신 쪽으로 끌어당겼다. 사실 아르시안도 그것을 원했음인지 너무도 쉽게 순순히 이슈인의 품에 안겼다. 안으려는 생각은 없었던 이슈인은 깜짝 놀랐지만 곧 아르시안을 따뜻하게 안아주었다.

"고마워."

짧은 감사의 말.

"아니에요. 살아 있어줘서 저야말로 너무 고마워요"

목소리에 살짝 습기가 어려 있었다.

그 순간 이슈인은 깜짝 놀랐다.

갑자기 주변의 마나의 움직임이 뒤틀린 까닭이다. 이런 변화는 마법이 펼쳐지려 할 때 일어난다.

황급히 이슈인은 빠르게 주변을 살폈다. 이런 바다 위에서 갑자기 마법이 발현하려 하기에 잔뜩 긴장했다.

아무것도 없었다.

이슈인 주위를 제외하고는 너무나 평온했다.

―이슈인, 네가 낀 반지에서 마법이 발현되고 있다.

그때 아스카론의 목소리가 이슈인의 머리에 울렸다.

'반지?'

아스카론에게 되물으며 이슈인은 황급히 손을 들어 반지를 보았다. 과연 마나의 움직임의 중심은 그 반지였다.

황급히 아르시안에게서 물러나 반지를 빼려 했다.

"오라버니… 대체……."

이슈인의 갑작스러운 변화에 아르시안이 놀라서 바라보았다.

―늦었다. 지금 발현된다. 공간 계열의 마법으로 추정된다.

반지를 손가락 첫 번째 마디까지 움직였을 때 아스카론의 말이 들렸다. 그것과 동시에 강렬한 빛이 이슈인을 덮쳤다.

빛이 사라졌을 때 그 자리에는 아무것도 없었다.

"오, 오라버니……."

그 모습에 아르시안은 깜짝 놀라 더듬더듬 중얼거리더니 그대로 그 자리에 털썩 주저 앉았다.

CHAPTER 4
아크와의 만남

아크가 머무는 계곡.

강렬한 빛은 이슈인을 그곳에 토하고는 사라졌다.

갑작스러운 이동에 정신을 차릴 수가 없었음에도 이슈인은 일단 주변을 살폈다.

낯선 곳이다. 대체 왜 자신이 이곳으로 왔던 말인가.

이슈인은 이제는 완전히 손가락에서 빼고 손에 들고 있는 반지를 보았다.

"이게 대체 뭐기에⋯⋯."

이슈인은 원망 어린 눈길을 반지에 보냈다.

"왔나?"

그때 등 뒤에서 들린 목소리에 깜짝 놀랐다. 누군가가 근처에 있거나 다가오는 기척을 전혀 느끼지 못한 때문이다. 목소리와 함께 나타난 기척은 이슈인의 바로 뒤였다.

"누구냐?"

이슈인은 경계 자세를 취하며 재빨리 몸을 돌림과 동시에 뒤로 훌쩍 물러섰다. 오른손은 아스카론의 검병을 꽉 쥐고 있었다.

"응?"

이슈인의 반응에 아크가 눈살을 찌푸렸다.

사이몬이 자신에게 하는 행동이 마치 적을 대하는 듯하지 않은가. 자신을 처음 보는 사람처럼 말이다.

"그게 무슨 말이지, 사이몬?"

사이몬이라는 호칭에 이슈인의 몸이 살짝 굳었다. 자신이 기억을 잃었을 때 사용한 사이몬이라는 이름. 그것을 알고 있다면 분명 그때의 자신과 인연이 있는 사람일 것이다.

경계심을 누그러뜨린 이슈인은 그제야 눈앞의 사람을 자세히 살폈다.

"헉!"

아크의 모습을 제대로 살핀 이슈인은 깜짝 놀랐다.

바로 그였다.

순간적으로 머릿속에 떠올라 라이트 바디 런의 운용법을 가르쳐 줬던 인물.

그제야 이슈인은 검병에 올렸던 손을 풀었다. 자신에게 라이트 바디 런의 운용을 가르쳐 줄 정도면 보통 사이가 아니었을 것이란 판단에서였다.

"대체 왜 그래?"

아크는 그런 이슈인의 변화를 가만히 지켜보았다. 시시각각 변하는 표정이 재미있기도 했거니와 무언가 사연이 있다는 생각이 들었기 때문이다. 자신이 신호를 보냈음에도 오지 않은 것과 연관이 있을 것이다.

"당신은 누구십니까?"

경계심을 완전히 버린 이슈인이 조심스럽고 정중하게 물었다.

"응?"

그 물음에 아크는 이게 갑자기 무슨 생뚱 맞은 물음이냐는 얼굴로 이슈인을 바라보았다. 황당하는 빛이 역력했다.

"그러니까……."

이슈인은 자신의 기억에 대해 설명할 필요를 느끼고 천천히 입을 열었다. 그리고 자신이 겪은 것과 들은 것을 최대한 자세히 아크에게 설명했다.

"허… 거참……."

아크는 어이가 없다는 얼굴로 이슈인을 바라보았다.

기억을 잃고, 얻고 다시 잃는 그의 상황이 어이가 없고 불쌍하기도 했다. 하지만 가장 어이가 없는 것은 자신에 대해서였다.

일족의 후손과 연이 닿아 일족의 무공을 익혔을 뿐인 아이를 일족의 아이라 생각하지 않았던가. 이제는 일족과 대륙인도 구분하지 못하게 되었다는 생각에 어이가 없음을 넘어서 서글퍼지기까지 했다.

"너무 오래 산 것인가……."

어딘가 쓸쓸한 중얼거림이었다.

"무슨 말씀이신지……."

"아니다."

이슈인의 조심스러운 물음에 아크는 손을 저었다. 그의 모습에 이슈인은 가만히 아크를 바라보았다.

자신의 이야기를 했으니 이제 그에게서 자신의, 사이몬의 이야기를 들어야 했다.

"사이몬은 대체 어떤 사람입니까?"

한참을 기다려도 아크가 아무 말이 없었기에 이슈인이 조심스레 물었다.

"아!"

그제야 아크는 상념에서 깨어났다. 인간이라고 하기에는 너무나 오래 살아버린 자신. 인간이라면 누구나 바라는 일이지만 실제로 겪은 그로서는 길디긴 수명이 축복이라고 느껴지지 않았다.

"내 생각에 너무 빠져 있었군, 손님을 여태 이렇게 세워두고는. 이리로 따라오게."

이슈인이 더 이상 사이몬이 아님을 알게 되자 아크의 말투도 변해 있었다.

아크는 이슈인은 데리고 페니카이아의 레어로 들어갔다.

—드래곤의 레어다.

아스카론의 말에 이슈인은 순간 긴장했다.

드래곤이라니!

지금의 대륙에서 드래곤은 이야기책에서나 나오는 존재다. 그런데 드래곤의 레어라니 믿을 수가 없었다. 하지만 아스카론의 말이었기에 믿지 않을 수도 없었다.

그렇다면 설마 눈앞의 저 존재가 드래곤이란 말인가. 말도 안 된다고 생각하면서도 자꾸 그런 느낌이 들었다.

'그래. 망망대해에 있던 나를 단번에 이곳으로 공간 이동을 시킨 것도 그렇고……'

의심은 점점 더 진해져 갔다.

아크의 뒤를 따르는 이슈인의 행동이 조금 더 조심스러워졌다.

"응? 왜 그러나? 어서 오게."

이슈인의 움직임의 변화를 느낀 것인지 아크가 힐끗 돌아보며 말했다.

"알겠습니다."

이슈인은 공손히 대답하며 아크 뒤로 따라붙었다.

아크가 안내한 곳은 작은 방이었다. 아크는 손수 끓인 차를 이슈인에게 대접했다.

"사이몬이 누구냐고 물었지?"

"네."

아크의 물음에 이슈인이 답했다.

"바로 자네라네."

작은 미소를 지으며 아크가 말했다. 이슈인은 아무런 대답 없이 아크를 바라보았다. 그것은 이미 알고 있는 사실이었으니 무언가 다른 말이 나올 것을 기대하는 것이다.

아크는 이슈인의 눈길을 받으면서 아무런 말도 하지 않고 묵묵히 차를 마셨다. 이슈인은 재촉하지 않고 끈기있게 기다렸다. 어쩌면 눈앞의 사람이 드래곤일지도 모른다는 추측의 영향이 컸다.

"나는 아크라고 한다네. 본디 이름은 따로 있으나 이곳의 주인인 내 친구가 지어준 이름이지."

아크가 마침내 입을 열었다. 이슈인은 그제야 눈앞의 인물의 이름이 아크라는 것을 처음 알았다.

아크의 말은 물이 흐르듯 조용하고 담담하게 하지만 끊임없이 이어졌다. 이슈인은 아무 말도 하지 않고 묵묵히 듣고 있었다.

"결국 그래서 내가 자네를 이곳으로 부른 것이지."

길고 긴 아크의 이야기가 끝이 났다.

이슈인은 가만히 있었다.

아크도 입을 닫고 가만히 있었다.

이제는 이슈인이 결정을 할 차례였다.

"제가 그랬단 말이군요."

목소리가 살짝 떨려 나왔다.

분명히 기억이 난다. 제스터와의 싸움. 될 대로 되라는 식의 마지막 혼신을 다한 일격.

그곳에 바로 저 위에 있다고 한다.

꽉 움켜진 손에 힘이 들어갔다.

아크는 말없이 고개를 끄덕였다.

혼란이 정리될 때까지 잠시 시간을 두고 기다렸다. 이윽고 이슈인이 입을 열었다.

"사이몬의 기억을 찾아주기 위한 마법을 완성하셨다고요?"

마법을 익히기 위해 노력했다는 이야기에서 이슈인은 그가 드래곤이 아니라고 결론을 내렸다. 그것은 아스카론 역시 마찬가지였다. 마법의 조종이라는 드래곤이 마법을 익히려고 노력을 한다니 오크가 웃을 일이다.

"그렇네."

"그 마법이라면 잃어버린 사이몬의 기억을 찾을 수 있지 않을까요?"

이슈인의 물음에 아크가 고개를 끄덕였다.

"가능할 거야. 기억이란 것은 결코 사라지지 않고 모두 머리에 있네. 단지 그것을 끄집어내는 방법을 잊었거나, 그 기억이 어디에 있는지를 모를 뿐이지. 내가 익힌 마법이라면 그것을 모두 찾아줄 것일세."

아크의 말에 이슈인은 간절한 표정으로 부탁했다.

"그렇다면 제게 사이몬의 기억을 찾아주십시오. 저는 온전한 제가 되고 싶습니다."

아크는 처음부터 그럴 생각이었다는 듯 흔쾌히 승낙했다.

"어차피 자네를 위해 익힌 마법이야. 자네가 사이몬이든, 이슈인이든 자네는 자네이니까."

"고맙습니다."

이슈인은 자리에서 일어나 허리를 깊이 숙이며 인사를 했다. 아크가 그럴 필요 없다는 듯 고개를 저으며 말했다.

"어차피 나 역시 원하는 일일세. 이왕 말이 나온 김에 시작하도록 하지. 앉도록 하게."

"네."

아크의 말에 이슈인은 자세를 바로 하고 앉았다.

아크는 눈을 지그시 감고 이슈인을 향해 손을 내밀었다. 곧 그의 손에서 마나가 움직이기 시작했다. 그렇게 움직인 마나는 이슈인을 향해 뻗어왔다. 정확히 이슈인의 머리를 향해서였다.

아크가 일으킨 마나가 완전히 이슈인의 머리를 덮자 아크의 입술이 움직였다.

"메모리 리서시테이션(Memory Resuscitation)!"

아크가 시동어를 외는 순간 이슈인의 머리를 덮고 있던 마나가 활성화되면서 이슈인의 머리로 빨려 들어갔다.

순간 이슈인은 아찔한 느낌을 받았다.

그리고 곧 수많은 영상이 머릿속을 지나갔다.

아주 어렸을 때의 기억부터였다.

자신이 과연 그런 일을 겪었던가 싶은 갓난아기 때부터의 기억이 파노라마처럼 차르르 펼쳐졌다.

검에 대한 고민으로 방황했을 때의 기억도 펼쳐졌다. 이슈인은 두 눈을 감고 있었지만 마치 바로 앞에서 지켜보고 있는 것처럼 생생했다.

기억의 재생은 계속되었다.

아크가 사용한 마법은 사람이 가진 모든 기억을 되살리는 것이었다. 그중에는 분명 잃어버린 기억도 포함되어 있다는 생각에서 익힌 것이다.

이슈인이 이미 확실하게 기억하고 있는 것들과 희미하게 기억하고 있는 것들 모두가 빠르게 지나갔다. 이윽고 제스터와의 전투가 눈앞에 펼쳐졌다. 그리고 절벽으로 떨어진 이후의 일들.

아크를 만나고 검을 익히고 수련을 하는 과정, 프로페서와의 만남, 아스카론과의 만남이 빠르게 지나갔다.

그리고 이곳에 온 조금 전의 기억까지 나타났다.

모든 기억들이 지나가자 어지러움이 가라앉았다.

이슈인은 감았던 눈을 떴다.

"혼란스러울 테지. 되살렸다 하나 남의 기억 같을 거야. 어서 정리하게."

아크는 그 말을 남기고 방을 나갔다. 이슈인 홀로 완전해진 기억을 정리해 자신의 것으로 만들 시간을 주기 위해서.

하루가 꼬박 지났다.

그제야 이슈인은 문을 열고 방을 나섰다.

레어에는 아크가 없었다.

이슈인은 레어 밖으로 나왔다.

붕붕붕.

세찬 소리와 함께 창이 어지러이 움직이고 있었다. 아크가 사방으로 창을 휘두르고 찌르고 있었다. 이슈인은 그 모습을 가만히 지켜보았다. 마치 하나의 아름다운 예술 작품과도 같은 모습이었다. 이것이 어찌 사람을 해하기 위해 만든 창술이라 할 수 있을까.

이슈인은 감동을 느끼며 아크의 수련 모습을 지켜보았다.

그렇게 얼마나 집중을 했을까.

사방을 울리던 소리가 사라졌다. 아크가 자신의 창법을 모두 펼친 것이다.

"이제 정리가 좀 됐는가?"

이슈인을 보고 물었다. 그는 이미 진작에 이슈인이 나와 있
는 것을 알았지만 일부러 창법을 펼치는데 집중했다. 이왕 시
작한 것 끝까지 제대로 수련을 하기 위한 마음에서다.

"네, 아크."

아크는 미소를 지으며 고개를 끄덕였다.

이제야 자신이 알던 그가 눈앞에 있었다, 사이몬의 기억도
가지고 있는 아크 자신의 지인이.

"오랜만에 어떠냐?"

아크는 다시 사이몬을 대했던 것처럼 이슈인을 대했다.

"좋죠."

이슈인은 아스카론을 뽑으며 걸음을 옮겼다.

'오랜만이다, 아스카론.'

─흠. 이제야 완전한 자아를 가진 것인가?

오랜만일 리 없었다. 사이몬의 기억을 잃은 동안도 줄곧 아
스카론과 함께 있었으니. 하지만 모든 기억을 완전하게 되찾
고 보니 무척이나 오랜만에 만나는 듯한 느낌이 들었다.

─그렇다면 사이몬인가? 이슈인인가?

'이슈인 바첼러, 그것이 내 이름이야.'

아스카론의 물음에 이슈인은 마음속으로 당당하게 말했
다.

그리고 아스카론을 곧게 세우고 아크와 마주 했다.

이제 자신의 실력을 모두 완벽하게 파악했다. 사이몬이었던 때의 기억을 완전히 자신의 것으로 하면서 그간 느꼈던 어색함을 모두 떨친 것이다.

이슈인이 자세를 잡자 아크의 입가에 미소가 어린다.

"시작하지."

그 말이 끝남과 동시에 이슈인이 아크를 향해 달려들었다.

"헉헉헉."

이슈인이 거친 숨을 몰아 쉬며 바닥에 대자로 뻗었다. 아크는 그런 이슈인을 내려다보며 미소를 짓고 있었다.

"조금은 늘었군."

제자의 성장을 기뻐하는 스승과도 같은 모습이었다.

"언제 갈 거냐?"

이슈인의 옆에 걸터앉으며 물었다.

"날이 밝는 대로 가야죠."

이슈인의 대답에 고개를 끄덕이는 아크의 얼굴이 살짝 어두워지는 것이 섭섭한 듯했다.

"그래."

아크의 대답은 짧았다.

"기다리는 사람들이 있으니까요."

아크가 섭섭해하는 것을 느꼈음인지 이슈인이 한마디 덧

붙였다.

"그래, 가야지."

"저는 기다리는 사람이 있는 곳은 갑니다."

어떤 의도로 하는 말인지 알았음인가. 이슈인의 말에 아크는 희미한 미소를 지었다.

"네 녀석도 타이탄 오퍼레이터라고 했지?"

"라이더입니다만."

"그거나 그거나. 말이 바뀌었을 뿐인걸."

이슈인의 대답에 아크가 피식 웃었다.

"나는 타이탄을 움직여 본 적이 없어서 모른다만. 내가 무공을 펼치는 것을 보고 페니카이아가 그러더군. 내 몸 안에 오퍼레이터가 한 명 들어 있는 것 같다고 말이지."

"네? 그게 무슨 말이지요?"

"글쎄, 나는 모르지. 단지 이런 말도 했어. 나는 마치 마이스터가 움직이는 타이탄 같다고 말이지."

점점 더 알 수 없는 말이었다.

이슈인이 얼굴을 찡그렸다.

"나도 이 말이 무슨 말인지 잘 모르겠지만 어쩌면 오퍼레이터의 실력을 쌓는데 필요한 어떤 실마리가 있을지도 모르니 잘 고민해 봐."

그 말을 남기고 아크는 레어로 들어갔다.

어느새 어둠이 내려앉았다.

검은 하늘에 별빛이 하나 둘 모습을 드러내기 시작했다. 이슈인은 드러누운 채로 하늘을 향해 시선을 던졌다.

'대체 무슨 말일까?'

─진정한 나의 주인이 되기 위해서는 마이스터가 되어야 한다.

아크의 말 때문인가. 아스카론이 오랜만에 마이스터에 대한 것을 상기시켰다.

"알고 있어."

이슈인이 작게 중얼거리며 대답했다.

고요했다.

이슈인은 고요함 속에서 밤하늘을 바라보다가 잠이 들었다.

10월의 쌀쌀한 밤기운이 주변을 덮었지만 이슈인에게는 아무런 영향을 미치지 못했다. 이슈인의 몸속에서는 꾸준히 마나가 돌며 그를 지켰다.

날이 밝았다.

산속에 찾아온 아침 햇살에 이슈인은 눈을 떴다. 그제야 이슈인은 자신이 밖에서 잠이 들었음을 알아차렸다. 그럼에도 몸은 무척이나 개운했다.

아마도 오래간만에 편안한 마음으로 잠에 든 덕분일 것이다.

"일어났어?"

아크가 나오며 물었다.

"네. 정말 푹 잤습니다."

이슈인이 미소를 지으며 말했다.

"이제 가야지?"

"네. 가야지요."

"가지고 가라."

이슈인의 말에 아크가 무언가를 건넸다. 약간의 보석과 육포, 빵이었다.

"고맙습니다."

이슈인이 허리를 숙여 감사를 표했다.

"별거 아니다. 가야 하면 어서 가라. 이미 해가 중천이다."

아직 이른 아침임에도 아크는 그리 말했다. 어차피 보낼 사람 조금이라도 빨리 보내는 것이 낫다는 생각 때문이다.

"네. 정말로 감사합니다. 그러면 다음에 뵙겠습니다."

이슈인은 그렇게 인사를 남기도 자신이 떨어졌던 절벽을 밟고 치달렸다. 라이트 바디 런을 펼치며 깎아지른 듯한 절벽을 달려서 올라갔다.

아크는 그런 이슈인의 모습을 물끄러미 바라보았다.

"훗. 녀석. 다음에 보자라… 그전에 네 녀석 얼굴을 보고 놀라지나 말아라."

의미있는 미소를 지은 아크는 다시 레어로 들어갔다.

이슈인이 모처럼 개운하게 잔 이유가 마음의 평안을 얻은 것만이 전부는 아니었다.

이슈인은 제스터에게 쫓기던 때의 기억을 떠올리며 산속을 달렸다. 그때는 정신없이 쫓기며 달렸기에 어느 길로 갔는지 알 수가 없었다. 하지만 기억 재생 마법 때문일까? 그때 스치듯 보고 지나갔던 것들이 모두 똑똑히 기억이 났다. 덕분에 이슈인은 손쉽게 길을 찾아 내려갈 수 있었다.

"분명 레술트 지역까지 밀렸다고 했지?"

이슈인은 현재의 전황에 대해 떠올렸다.

그렇다면 당시 전선으로 갈 수 없었다. 지금은 공화국군이 점령하고 있을 테니까.

이슈인은 로어 그랜져 산맥을 따라 남하했다. 몬스터들 때문에 제법 위험한 지역도 있으나 이슈인에게는 큰 위협이 되지 못했다. 어느 정도 남하했다고 판단이 되자 이슈인은 동쪽으로 산맥을 벗어났다.

멀리 포르안 산맥의 그림자가 보였다.

"대강 맞게 내려온 것 같군."

마나를 활성화한 눈으로 보통 사람의 육안으로는 볼 수 없는 곳의 산맥을 확인한 이슈인은 고개를 끄덕이며 말했다.

아크와 헤어지고 다시 하루가 흘렀다. 꼬박 하루를 산맥을 타고 이동한 것이다.

이미 주변은 완벽히 어둠에 뒤덮여 있었다.

"일단 가까운 마을부터 찾아야겠어."

산맥의 동쪽에 있는 덕일까. 이 근처는 아직 전쟁의 영향이 거의 없었다. 레슐트 방어선을 철저히 막고 있는 한 공화국군은 이곳으로 쉬이 진출할 수 없었다.

이슈인이었기에, 그리고 혼자였기에 무사히 로어 그랜져 산맥을 타고 움직일 수 있었던 것이다. 군대로 넘기에는 너무나 위험했고 큰 위험을 감수해야 했다.

이슈인은 주변을 살폈다. 어둠 속에서 불빛을 찾은 이슈인은 곧장 그곳으로 향했다.

아크가 챙겨준 돈이 있었으니 불편한 것은 없을 것이다.

저 마을에서 하루를 쉬고 레오네인으로 들어갈 계획이었다.

*   *   *

푸른 바다는 여전히 끝없이 펼쳐졌다.

이슈인이 갑자기 사라지고 이틀이 지났지만 이곳에서는 어떠한 조치도 취할 수가 없었다.

함대의 전속 마법사가 이슈인이 사라졌던 갑판으로 나와 조사를 했지만 이내 고개를 저을 뿐이었다.

그 모습에 아르시안은 얼굴을 감싸고는 눈물을 흘렸다.

그가 없는데도 시간은 잘도 흘러갔다. 그때와 같았다.

"다시는 그렇게 사라지지 말라고 했는데… 다시 만난 지 얼마나 됐다고."

배의 난간에 기대어 바다를 바라보는 아르시안은 허무한 얼굴로 낮게 중얼거렸다.

"그 녀석은 반드시 다시 돌아올 겁니다, 공주님. 지난번에 사라졌다가 다시 돌아왔듯이 말이죠."

뒤에서 들리는 마크의 목소리에 아르시안은 희미한 미소를 지으며 몸을 돌렸다.

"그럴 거라고 믿지만, 그래도 힘은 드네요."

아르시안의 말에 마크의 표정이 어두워졌다.

이슈인이 그렇게 갑자기 사라지고 난 후 마크는 줄곧 아르시안 공주의 근처를 지켰다. 혹시 모를 만약의 사태를 대비하려는 생각이었다.

아르시안 공주는 왕국의 국빈이기 이전에 마크에게 있어서 가장 친한 친구의 소중한 사람이다. 친구가 갑자기 사라진 지금 자신이 친구에게 해줄 수 있는 일은 이 정도가 전부였다.

'젠장. 도깨비 같은 녀석. 갑자기 행방불명 됐다가 이상하게 돌아오고, 그렇게 돌아온 지 얼마나 됐다고 다시 사라져.'

마크는 하늘을 올려다보며 이슈인을 향해 갖은 욕을 다했지만 이슈인이 알 리가 없었다.

갑자기 사라진 이슈인에 대해서는 일단 배에 있는 함대 전속 마법사를 통해서 이안 차관에게 연락을 해두었다. 물론 사이몬이 사라졌다고 연락을 한 상태다. 사이몬이 이슈인이라는 사실은 아직은 구출대와 아르시안만의 비밀이었다.

본가에 은밀히 알려야 할 정보 때문인지 칼버튼도 순순히 비밀을 지키는데 협조하고 있었다.

배에서 할 수 있는 일은 그것이 전부였다.

바츠란 사령관의 말로는 이제 이틀만 더 가면 본국에 도달한다고 했다.

비바체 함대의 출항지가 비바체 항이었기에 갈 때는 한 달이 넘는 시간이 걸렸지만 굳이 다시 비바체 항으로 돌아갈 필요는 없었다.

벨런시아 공화국에서 시아라인 만(灣)을 건너면 바로 메틀라인의 영토다. 그중에서 공화국과 가장 가까운 곳이 만끝으로 돌출되어 나온 작은 반도로 홀슈타인 자작령이다. 현재 함대의 목적지는 홀슈타인 자작령의 항구인 휴커드 항이다. 바다를 사이에 두고 공화국과 가장 가까운 곳인만큼 항시 해군이 머무르는 커다란 군항이었다.

앞으로도 비바체 함대는 이곳에 머물면서 공화국을 견제할 것이다. 시아라인 만을 따라 깊숙이 들어가면 레술트에도 이를 수 있기에 일부는 레술트 전선에 투입되어 육군을 지원할 계획이었다.

휴커드 항에 도착하는 대로 아르시안 공주를 비롯한 구출대원들은 홀슈타인 자작령에서 하루를 보낸 후 곧바로 포털을 이용해서 레오네인으로 이동할 것이다.

일단 레오네인에 가면 무언가 다른 조치를 취할 수 있을 것이다.

이제 이틀, 홀슈타인 자작령에서 보낼 시간을 감안하면 사흘만 기다리면 되는데 아르시안은 그 사흘이 억겁과도 같이 느껴졌다.

*   *   *

"언니, 소식 들었어?"

이레아가 황급히 이올린을 찾으며 물었다. 이올린은 어두운 얼굴로 고개를 끄덕였다.

이안이 이슈인의 소식을 듣고 나서 이틀이 흐른 후에야 본가에 알린 것이다. 그 이틀간 나름대로의 선을 움직여 찾아보았으나 아무 방법이 없었다. 바다 한가운데서 사라진 이를 레오네인에서 찾으려 한다는 것 자체가 무모했다.

"어떻게 된 일일까?"

두 사람의 얼굴에는 걱정이 가득했다.

"오빠에게 또 무슨 일이 생긴 걸까?"

이미 두 사람은 사이몬이 이슈인이라 확신하고 있었다.

"큰 일은 아닐 거야. 일단 레퀴엠이 사라졌으니까. 레퀴엠이 사라졌다는 것은 결국 아스카론이 가지고 갔다는 거니까. 오빠와 함께 있지 않겠어? 레퀴엠의 성능이라면 오빠를 위험하게 할 것은 거의 없어."

이레아의 걱정 어린 말에 이올린이 애써 위로하듯 말했다. 이레아를 향한 말인지 스스로를 향한 말인지조차 분명치 않았다.

"그렇겠지?"

이레아가 간절한 눈으로 이올린을 보며 말했다. 이올린은 그저 고개를 끄덕였다.

대체 무슨 일인지 알 수가 없었다.

어떻게 찾은 오빠인데 이번에는 그렇게 사라진단 말인가. 아르시안 공주를 무사히 구출했다는 소식에 뛸 듯이 기뻐했건만 이제는 오빠가 다시 사라지다니.

두 자매의 얼굴에 시름이 깊어졌다.

*   *   *

그 시각. 왕궁은 회의로 정신이 없었다.

"그러면 사흘 후에 아르시안 공주가 무사히 돌아온단 말이군."

엠피엘 국왕이 만족스러운 미소를 지으며 고개를 끄덕였다. 큰 피해 없이 무사히 구출해 냈다는 것이 더욱 기뻤다.

사실 그의 기분을 더욱 좋게 해주는 진실한 이유는 레퀴엠에 있었으나 그것을 귀족들에게 알릴 이유는 없었다.

아직은 알릴 때가 아니었다.

"그렇습니다, 전하."

하이드론 공작이 허리를 숙이며 말했다.

"그대가 수고가 많았소."

"아닙니다."

어쨌든 이번 구출의 책임자는 하이드론 공작이었다. 공주의 구출이 큰 피해 없이 무사히 성공한 공은 결국 그의 것이었다.

"구출대가 돌아오면 상을 내려야 할 것 같은데 무엇이 좋겠소?"

상이라는 소리에 하이드론 공작의 눈이 반짝였다. 그가 진정으로 노린 것은 이것이었다.

"작위가 어떨까 싶습니다."

하이드론 공작이 조심스레 말을 꺼냈다.

"아니 될 말입니다."

공작의 말이 끝나자마자 라파엘 후작이 끼어들었다. 엠피엘 국왕의 시선이 그를 향했다.

"구출대원들이 공을 세운 것은 사실입니다만, 그렇다고 작위를 하사할 정도의 큰 공은 아니라고 생각합니다."

작위를 하사한다는 것은 곧 귀족이 된다는 것이다. 그리고 귀족은 영지를 가질 권리를 가지고 국왕은 영지 또한 하사해야 한다. 결국은 국왕의 직할지를 떼어서 하사해야 한다는 것인데 그만큼 왕실의 재정은 물론 국왕의 힘 또한 약해지는 것이다. 그것을 염려한 라파엘이 반대의 목소리를 높이고 있었다.

"어떻게 생각하오?"

라파엘 후작의 말이 끝나자 엠피엘 국왕은 하이드론 공작을 보며 물었다.

"라파엘 후작이 무엇을 걱정하는지는 잘 알고 있습니다, 전하. 하지만 그것은 걱정할 일이 아닙니다. 더군다나 지금은 전쟁 중입니다. 지금 이 순간에도 전장에는 전투가 벌어지고 있을 겁니다. 짧지 않은 전쟁에 많은 사람이 죽었습니다. 그것은 귀족들 역시 마찬가지이지요. 그들 중 후계가 없는 이들도 있습니다. 전쟁으로 인해 왕국의 귀족은 이미 줄어 있는 상태입니다. 이런 상황에서 능력있는 이들에게 작위를 내리는 것 또한 왕국의 힘을 보전하는 일입니다."

하이드론 공작이 자신의 할 말을 모두 했다는 듯 한 발 뒤로 물러섰다.

라파엘 후작이 다시 나섰다.

"하이드론 공작님의 말씀도 맞습니다만, 그렇다 하더라도 너무나 파격적입니다."

"그런 파격이 전장의 왕국군 병사들의 사기를 고취시킬 수 있습니다."

두 사람은 한 발의 물러섬도 없이 팽팽히 대립했다.

그때 이안 차관이 끼어들었다.

"두 분의 말씀 모두 옳습니다. 하면 적당히 절충하면 어떻겠습니까?"

사람들의 시선이 이안 차관을 향했다.

"현재 왕국의 귀족이 줄어든 것도 사실이고, 작위의 포상이 군의 사기를 올리는 것 또한 사실입니다. 하지만 그렇다고 평민이 바로 귀족이 되는 것은 지나친 파격입니다."

이안의 말에 대다수의 귀족들이 고개를 끄덕였다. 그것은 작위를 내려야 한다고 주장한 하이드론 공작 역시 마찬가지였다.

"평민에게는 기사의 작위를 내림이 어떨까 싶습니다. 기사는 준귀족의 신분이기는 하나 영지를 가질 수 있는 귀족이 아닌데다 자식에게 물려줄 수 없으니 상으로는 괜찮을 듯 싶습니다."

이안의 제안이 적절했는지 라파엘 후작도 고개를 끄덕였다.

"그리고 이미 기사 작위를 가지고 있거나 귀족가의 자제인 경우는 준남작의 작위를 내림이 어떨까 합니다. 귀족가의 자제라 할지라도 장남이 아닌 이상 귀족의 신분만을 가질 뿐 작위는 가지지 못합니다. 그들에게 준남작의 작위를 내린다면 그들의 자발적인 참여를 이끌어낼 수 있을 겁니다. 게다가 준남작 역시 계승이 불가능하고 영지를 소유할 수 없는 단순 작위이니 큰 부담이 없을 것입니다."

이안 차관의 제안에 하이드론 공작의 얼굴이 살짝 일그러졌다. 그가 의도한 것이 이것이 아니었다.

물론 평민들이 바로 귀족이 되는 것은 자신도 반대였지만 칼버튼에게 그럴 듯한 작위를 쥐어주려면 그것은 감수해야 했다.

이안은 마치 그런 하이드론 공작의 의중을 간파했다는 듯 준남작과 기사의 작위라는 카드를 내밀었다.

"그건……."

이대로 흘러가서는 안 된다는 생각에 하이드론 공작이 끼어들려고 했다.

"그리고."

하지만 아직 이안 차관의 말이 끝난 것이 아니었다.

"아직 전쟁이 끝난 것도 아닙니다. 논공행상이란 큰 전투나 전세를 뒤집을 만한 큰 공과 같은 예외를 제외하고는 본래 모든 전쟁이 끝난 후에나 가능한 일입니다. 다만 이번 구출대의 일은 공화국과의 전쟁과는 상관이 없는 별도의 작전이었습니다. 그런 만큼 그들의 공을 인정하여 준남작과 기사 정도의 상을 하사하시고 그들이 전쟁에 참전하여 공을 세우는 정도에 따라 전후 논공행상에서 다시 상을 내리심이 어떨까 합

니다. 준남작이 되어 공을 세운다면 남작은 물론 영지를 내릴 수도 있는 일 아니겠습니까?'

이안이 말을 끝마치자 엠피엘 국왕은 고개를 끄덕였다. 가장 합리적인 방법이란 생각에서다.

이렇게 되자 하이드론 공작은 끼어들 수가 없었다.

기본적으로 논공행상은 전쟁이 끝난 후에 한다. 그 말에 반박할 수가 없었던 것이다. 지금까지의 관례란 것이 있는 이상 여기서 물러서야 했다.

아르시안 공주의 구출이 전쟁의 판도를 바꿀 정도로 커다란 일이 아닌 이상 아들에게 줄 수 있는 선물은 이 정도가 한계였다.

'어쩔 수 없지, 전쟁에서 더욱 공을 세우게 하는 수밖에. 그것도 아니라면, 판을 새로 짜야지.'

눈을 날카롭게 빛내며 하이드론 공작은 이안 차관의 제안을 수용했다. 하지만 그의 속내가 어떠한지는 아무도 모를 일이다.

"전장의 상황은 어떻소?"

한 가지 안건이 끝이 나자 엠피엘 국왕은 전황에 대해 물었다.

"고착 상태입니다."

미카엘 후작이 답했다.

"랩터2 윙의 투입 이후에 아무런 변화가 없단 말이오?"

엠피엘 국왕이 실망한 듯 물었다.

"아직 라이더들의 훈련이 끝나지 않았습니다. 아무래도 바톤 윙을 다루는 것이 무척이나 어려운 듯합니다. 결국 현재 운용 가능한 것은 아덴 써드 룩의 기체 한 기입니다. 하지만 아덴 써드 룩은 라이더들의 교육 역시 담당하고 있기에 그 혼자서 전장을 감당하기는 불가능합니다. 다만 공화국 측에서 바톤 윙을 경계하느라 적극적인 공세를 취하지 못해 현재의 고착 상태를 유지하고 있는 것입니다."

"결국은 라이더의 양성이 관건이로군."

엠피엘 국왕이 고개를 끄덕이며 말했다. 바톤 프로젝트가 완성되었을 때만 하더라도 당장 전쟁에서 승리할 것 같았는데 또 다른 문제가 기다리고 있었다.

"알겠소. 그럼 오늘 회의는 이만 마치도록 합시다."

엠피엘 국왕이 자리에서 일어나 회의장 밖으로 벗어났다. 귀족들도 분분히 일어나 자리를 떴다. 다들 할 일이 태산이었다.

이안은 국왕의 부름을 받고 그의 서재를 찾았다.

"어찌 되었나?"

"찾을 수가 없습니다."

"흐음. 큰 일이로군."

이슈인의 실종 소식은 이안을 통해 국왕에게도 전해진 상태였다. 국왕은 아직 사이몬으로 알고 있다. 그가 레퀴엠의 라이더이자 아스카론의 주인인 이상 그의 일은 왕국의 일이었다. 비록 아직 공개적으로 알릴 수는 없지만 그는 분명 커다란 전력이었다.

이슈인이 사라짐으로 인한 근심이 엠피엘 국왕에게까지 미쳤다.

CHAPTER 5
귀환

"이제 도착이군."

오후의 한 중간이다.

이슈인은 멀지 않은 곳에 보이는 레오네인의 성벽을 보고 미소를 지었다.

얼마만에 돌아오는 것인지 몰랐다.

절대적인 시간의 흐름이 아닌 이슈인에게 있어 심리적인 시간의 흐름 상 정말 오랜 시간만에 다시 찾은 것 같았다.

"무단 이탈로 징계 먹는 것은 아니겠지?"

스스로에게 실없는 농담을 던지며 피식 웃은 이슈인은 레오네인의 서문을 향해 걸음을 옮겼다. 서문이 닫힐 때까지 아직 시간은 충분했다. 라이트 바디 런을 사용해 달려갈 수도 있지만 이제는 사람들이 많이 오가는 관도에 진입했기에 그저 느긋하게 걷기로 했다.

바쁘게 오가는 마차를 얻어탈 수도 있었지만 느긋하게 걷는 것이 좋았다. 성문을 닫을 시간이 임박했다면 모를까, 여유가 있는 지금은 오랜만에 돌아온 레오네인으로의 정취를 한껏 느끼고 싶었다.

해가 서쪽으로 많이 기울었을 때 이슈인은 서문에 도착할 수 있었다.

성문의 입구에서는 통행인에 대한 검문이 이루어지고 있었다. 신분을 증명할 수 있는 것을 지닌 이들은 간략한 검사로 쉬이 성안으로 들어갈 수 있었다.

"그러고 보니 나는 아무것도 없군⋯⋯."

짐 대부분이 비바체 함대 기함의 자신의 선실에 있었다. 잠시 갑판에 나왔다가 아크에게 소환을 당했으니 지니고 있는 것이 없었다. 아크가 챙겨준 것이 전부였다.

잠시 신분 증명에 대한 생각을 하는 사이 어느새 이슈인의 차례가 되었다.

"이름은?"

이슈인의 차림새가 귀족의 것으로 보이지는 않았기에 성문의 경비병은 편안하게 물었다.

"이슈인, 이슈인이오."

이슈인은 짧게 답했다. 그래도 명색이 왕국군의 라이더이
자 장교였기에 경비병의 태도가 마음에 들지 않았던 것이다.
자신에게 신분을 증명할 만한 것이 하나도 없었기에 그나마
얌전히 대답했다.

하지만 경비병은 그렇게 생각하지 않는 것 같았다. 이슈인
의 대답에 눈꼬리가 위로 치솟았다.

"뭐라?"

짜증 어린 말이 경비병의 입에서 튀어나왔다. 감히 평민 따
위가 병사에게 불손하게 군다는 것이 이유일 것이다.

"이슈인이라 했소."

속이 부글부글 끓었으나 이슈인은 가까스로 화를 억누르
고 반존대로 답했다. 하지만 두 눈은 강렬하게 병사를 쏘아보
고 있었다. 은연중 몸에서 기세가 약하게 일었다.

병사들 역시 평민이다. 하지만 그들 중 몇몇은 군인이라는
것을 무슨 특권 신분이라도 되는 양 평민을 무시했다. 특히나
성문을 지키는 것과 같이 보직에 따라 떨어지는 것이 있는 이
들은 그 정도가 심했다.

이슈인의 당당한 모습에 살짝 겁을 집어먹은 것일까?

병사는 더 발작을 하려다가 이슈인의 강렬한 눈빛에 한 발
물러섰다.

"신분패나 신분을 증명할 만한 것은?"

위세에 살짝 겁을 먹었으나 결코 자신이 꿀리지 않는다고

판단을 한 병사의 말은 여전히 짧고도 고압적이었다.

'잠깐만……'

이슈인은 지금까지 자신이 이름만을 말했다는 것을 상기했다. 자신이 평민일 것이라 생각하기에 병사들이 이렇게 고압적으로 나오는 것일지도 몰랐다.

"짐을 잃어버려서 가진 것이 아무것도 없소. 나는 이슈인 바첼러요."

이번에는 성을 붙여서 말했다.

성이라는 것은 귀족들만이 가질 수 있는 가문의 이름이다.

이슈인의 말을 들은 병사는 위아래로 이슈인을 훑었다. 그러고는 피식 웃었다.

가끔씩 있었던 것이다. 귀족임을 사칭해서 그냥 들어가려는 이가 말이다. 어지간한 가문의 이름을 대면 보통의 경비병들은 알아서 피해준다.

'네 녀석, 사람 잘못 만났다.'

이슈인을 검문하고 있는 경비병 가일은 그렇게 생각했다. 그는 나름대로 성문 근무로 잔뼈가 굵은 병사였다.

'게다가 겁도 없이 백작가를 사칭해?'

바첼러 백작가.

그 가진 바 힘 때문에 왕국에서도 유명한 가문이었다.

"흥. 네 녀석. 귀족 사칭죄가 얼마나 무거운 죄인지는 알고 하는 소리냐?"

이런 녀석들은 이 한마디면 꼬리를 만다. 실제로 귀족 사칭죄는 경우에 따라서는 그 자리에서 목이 잘릴 수도 있었다.

이슈인은 어이가 없었다. 설마 이렇게 나올 줄이야…….이제는 슬슬 분을 참기가 어려웠다.

"나는 분명 이슈인 바첼러다. 왕국군의 써드 나이트다."

이슈인의 목소리에 다시 한 번 기세가 실렸다. 가일은 그기세를 고스란히 맞았다. 온몸이 떨렸다. 이런 감각은 생전느껴보지 못했다.

'뭔가 잘못됐다.'

가일은 그제야 직감했다. 보통의 평민은 절대로 이런 힘을가지지 못한다. 그 정도는 알고 있었다.

"무슨 일이야?"

그때 뒤에서 가일의 상관 목소리가 들렸다. 한 사람을 검문하는데 시간이 너무 걸린 탓에 어떤 일인지 알아보려고 초소에서 나온 것이다.

가일은 그야말로 구세주를 만난 기분이었다.

"신분을 증명할 것이 아무것도 없는데 스스로를 귀족이며왕국군의 써드 나이트라고 합니다."

가일이 한 발 물러서며 상관에게 보고했다.

부하의 말에 그는 찬찬히 이슈인을 살폈다. 현재 왕국은 공화국과 전쟁 중이다. 그런 만큼 왕도로 들어가는데 있어서 검문은 철저했다.

"이쪽으로 오시죠."

가일의 상관이자 서문의 경비병들의 책임자인 베록은 이슈인을 초소 쪽으로 안내했다. 눈빛이 보통 사람의 것이 아닌지라 행동이 조심스러웠다.

베록은 이미 나이가 마흔이 다 되어가는 노련한 세컨 오피스였다. 그의 경험은 상대가 보통 사람이 아님을 말해주고 있었다.

'정말로 바첼러 백작가의 인물일지도 모른다.'

첫눈에 그런 생각이 들었기에 조심스레 대했다.

그의 대접에 이슈인의 표정이 조금 풀렸다.

초소라고는 하지만 경비병들의 사무실과도 같은 곳이었다. 초소 안에는 두 명의 병사가 더 있었다.

"일단 상부에 보고를 해야 합니다. 현재 전시 상황이라 왕도의 출입 통제가 제법 까다롭습니다. 양해하시고 이곳에서 기다려 주십시오."

"알겠습니다."

그제야 이슈인은 공화국과 왕국의 상황에 생각이 미쳤다. 오랜만에 왕도로 돌아왔다는 생각에 전쟁이라는 상황을 깜빡한 것이다.

'나도 참 멍청해졌군.'

두 사람의 기억이 하나로 합쳐지고 적응하면서 예전 같지 않은 모습을 종종 보였다. 아직 완전해지지 않았다는 반증일는지도 몰랐다.

'시간이 가면 차차 나아지겠지.'

이슈인은 그렇게 생각했다.

이슈인을 초소에 데려다 놓은 베록은 곧 레오네인 성의 서쪽 방비 전체를 책임지고 있는 자신의 상관을 찾았다.

화이트 프라임 나이트는 베록의 보고에 자리에서 일어났다.

"분명 바첼러 가의 차남이 왕국군의 라이더로 복무 중이지. 이름이 이슈인인 것도 맞고. 지난번 공화국군의 도하 전투 때 실종되었다. 이건 직접 확인을 해야겠군."

화이트는 기갑군단에 소식을 전하고 직접 초소에 갔다.

"이슈인 바첼러 써드 나이트라고? 나는 서쪽 성벽의 방비를 책임지고 있는 화이트 론도 프라임 나이트다."

화이트 프라임 나이트가 초소로 들어오면서 이슈인을 보면서 손을 내밀었다. 의자에 앉아 있던 이슈인은 차려 자세로 경례를 붙였다.

"충. 이슈인 바첼러 써드 나이트입니다."

경례를 마친 이슈인은 화이트와 악수를 나눴다.

"음. 일단 나도 자네를 정확히 모르네. 그래도 신분이 확인될 때까지는 자네가 말한 신분으로 인정을 해주지. 곧 기갑군단에서 자네 신분을 확인해 줄 사람이 올 걸세."

"알겠습니다."

이슈인은 화이트가 한 말을 충분히 알아들었다.

"그래. 그럼 함께 기다리도록 하세."

화이트가 자리를 잡고 앉으며 이슈인에게 자리를 권했다. 두 사람은 마주 앉았고 차가 준비되었다.

차를 마시고 시간이 얼마나 되었을까?

"실례합니다. 이곳에 우리 군단 떨거지 하나가 있다는 말을 듣고 찾아왔습니다."

초소 밖에서 우렁찬 목소리가 들렸다.

"왔나 보군."

화이트가 자리에서 일어났다.

그 목소리에 이슈인의 얼굴이 살짝 변했다. 익숙한 목소리였기 때문이다. 하지만 그 목소리의 주인은 분명 전방에 배치되어 있었다.

'설마……'

이슈인이 엉거주춤 자리에서 일어나는 찰나 초소의 문이 벌컥 열렸다.

호쾌하게 문을 열고 문 안에 들어선 이는 이슈인의 설마했던 그 사람이었다.

긴 갈색 머리를 휘날리며 푸른빛 눈동자로 이슈인을 뚫어져라 쳐다보았다.

그녀의 눈동자가 파르르 떨린다.

'아차!'

그제야 이슈인은 자신의 실수가 생각이 났다. 자신은 얼굴을 크게 다쳤다. 게다가 목소리마저 거칠게 변해 있는 상태다. 지금 자신의 눈앞에 있는 자신의 상관, 밀레느가 알아볼리 없었다.

'내가 미처 그 생각을 못했군. 그저 무작정 이곳으로 들이밀다니……'

처음 마주쳤을 때는 가족들조차 자신을 알아보지 못했다. 얼굴 반쪽이 그만큼 망가진 것이다. 한데 이렇게 나타나서 내가 이슈인입니다라고 말한다면 과연 누가 믿겠는가.

'어쩐다……'

이슈인은 이 상황을 어떻게 타개해야 하는가에 대해 골똘히 생각에 잠겼다. 덕분에 한 발, 한 발 자신을 향해 다가오고 있는 밀레느의 기척을 채 알아차리지 못했다. 그 정도로 지금 이슈인은 낭패라는 생각에 빠져 있었다.

퍽!

그때 뒤통수에서 둔중한 충격이 전해져 뇌를 뒤흔들었다. 갑작스러운 일격에 깜짝 놀란 이슈인은 자신에게 불의의 일격을 먹인 사람을 찾았다.

바로 눈앞에 있었다.

파르르 떨리는 푸른 눈동자에 붉게 변한 눈을 가진 사람. 밀레느, 그녀였다.

"이슈인. 야! 이 개자식이 어디로 사라졌다가 이렇게 뜬금

없이 나타난 거야!"

반가움과 원망, 안심 등 복잡한 감정이 뒤섞인 외침이다.

"아, 그게……."

이슈인은 당황해서 입만 벙긋벙긋거릴 뿐 아무런 말도 하지 못했다.

'어떻게 알아본 거지?'

혼란스러웠다.

이슈인은 이곳까지 서둘러 왔다. 마을에 들러도 여관에서 잠만 자고 바로 떠났다. 이슈인이 묵은 싸구려 여관에 거울과 같은 사치품은 없었다. 이곳까지 오면서 이슈인은 자신의 얼굴을 어디에도 비쳐 보지 못했다. 심지어 얼굴을 씻을 때도 대야에 적은 양의 물을 떠다가 사용했기에 얼굴이 비치지 않았다.

"응? 목소리가 왜 그래?"

입을 벙긋거리면서 조금 흘러나온 목소리에 밀레느가 의아하다는 듯 이슈인을 보면서 물었다. 하지만 이슈인은 여전히 혼란에 빠져 있는 상태다.

"음. 다행히 그 친구의 신분이 맞나 보군."

가만히 두 사람을 지켜보던 화이트가 나서서 입을 열었다. 그제야 밀레느는 이곳이 어디인지를 떠올렸다.

"충. 죄송합니다. 기갑군단 소속 밀레느 프라임 나이트입니다. 기갑군단 소속 이슈인 써드 나이트의 신원을 확인하고

자 방문했습니다."

"충. 레오네인 서쪽 성벽의 방비를 책임지고 있는 화이트 론도 프라임 나이트네."

두 사람의 계급은 같았으나 화이트 쪽이 훨씬 선임이었다.

"정말 죄송합니다. 완전히 사라져서 죽었다고 생각했던 녀석이 이렇게 갑자기 나타나서 제가 실례를 범했습니다."

"아니네. 그럴 수도 있지."

화이트는 그다지 불쾌한 얼굴이 아니었다.

이슈인에 대한 이야기는 그도 많이 들은 터였기에 밀레느의 기분이 어떨지 능히 짐작이 가능했기 때문이다.

자신이라도 아끼던 부하가 전쟁터에서 사라졌다가 저렇게 갑자기 나타난다면 그런 반응을 보일 것이다.

"어떻게 된 겁니까?"

그제야 혼란을 수습한 이슈인이 정신을 추스르고 밀레느에게 물었다.

"이거 목소리가 완전히 갔네."

거칠고 탁하게 갈라져서 나오는 이슈인의 목소리에 밀레느가 눈살을 찌푸리며 말했다.

"어떻게 된 건지는 내가 더 묻고 싶다."

돌아온 밀레느의 대답에 이슈인은 답답했다.

"어떻게 전 줄 아셨죠?"

그 물음에 밀레느는 어이가 없었다.

"장난쳐, 지금? 오랜만에 봐서 봐주는 거야. 일단 부대로 가자."

밀레느가 이슈인의 귀르 잡아 당겼다.

"충. 화이트 경, 감사합니다."

"충. 잘가게."

간단한 경례를 끝으로 밀레느는 이슈인의 귀를 잡아당기며 초소를 나왔다. 그곳에는 밀레느가 타고 온 마차가 있었다.

"자, 기갑군단 사령부로 돌아가자고."

마차에 집어 던지듯 이슈인을 밀쳐 넣은 밀레느는 마부에게 행선지를 말하고는 자신도 마차에 올랐다.

그리고 곧 입을 다물었다.

갑작스러운 침묵에 이슈인은 아무 말도 하지 못했다.

궁금한 것이 많았으나 물을 수 없는 분위기를 밀레느가 만들어내고 있었다. 반가운 것은 반가운 것이고 괘씸한 것은 괘씸한 것이다.

초소를 나오는 순간 수없이 많은 괘씸한 짓들이 떠올랐기에 밀레느의 얼굴이 딱딱하게 굳은 것이다.

마차는 레오네인 거리에 깔린 마차 전용 도로를 따라 시원하게 달렸다. 마차는 오래지 않아 기갑군단 사령부의 정문에 도착했다. 간단한 검문 절차를 마치고 곧 안으로 향했다. 어차피 사령부 소속의 마차였는지라 금세 목적한 곳에 도착했다.

"올라가자. 클레딘 군단장님께서 기다리고 계셔."

훈련소에 햇병아리 라이더들이 입소하는 것은 3월이다. 지금은 10월 중순. 클레딘은 군단에서 군단장으로서 자신의 업무를 보고 있었다. 그가 라이더들의 훈련을 위해 일탈을 하는 것은 어디까지나 3월부터 5월까지의 8주였다.

이슈인의 소식을 가장 먼저 접한 곳은 기갑군단의 통신실이었다. 보고는 즉각 군단장에게까지 직통으로 올라갔다. 군단이라고는 하나 라이더의 숫자가 적은 탓에 군단장이 한 명, 한 명에게 신경을 쓰는 탓이다. 클레딘은 소식을 들은 즉시 마침 전장에서 군단으로 복귀해 있던 밀레느를 보냈다.

그리고 지금 밀레느가 이슈인을 끌고 군단장 집무실 앞에 당도한 것이다.

똑똑.

"들어와."

노크 소리에 안에서 즉시 대답이 들렸다.

"충. 밀레느 프라임 나이트. 들어가겠습니다."

문을 열고 밀레느가 이슈인을 끌고 들어갔다.

집무실 가운데 놓인 소파에 두 사람이 앉아 있었다. 두 사람이 들어서자 그들의 시선은 즉시 그들을 향했다.

클레딘 군단장과 함께 있는 이는 이안 차관이었다. 클레딘이 밀레느를 서쪽 초소에 보내는 한편 이안 차관에게 즉시 연락을 취한 탓이다.

이슈인을 확인한 이안의 얼굴에 놀람의 빛이 떠올랐다. 그가 예상한 사람이 아니었기 때문이다.

'그렇다면 그는 다른 사람이었나?'

아르시안 공주 구출 작전 회의 때 잠시 보았을 뿐이다. 하지만 결코 잊을 수 없는 강렬한 인상의 소유자였다. 얼굴 반쪽이 그런 식으로 망가져 있는 이의 얼굴은 쉬이 기억에 남게 마련이다. 그렇게 이안이 기억한 사이몬의 얼굴과 눈앞에 나타난 이의 얼굴은 달랐다.

눈앞에 밀레느가 끌고 나타난 이는 분명 자신의 동생인 이슈인의 얼굴을 하고 있었다.

"오랜만이군, 이슈인 써드 나이트."

클레딘은 소파에서 일어나면서 이슈인을 향해 손을 내밀었다. 마치 휴가를 나갔다 복귀한 부하를 맞이하는 듯한 태도다.

"충! 이슈인 써드 나이트 복귀를 신고합니다."

클레딘의 행동에 이슈인은 일단 경례를 했다. 그럼에도 클레딘은 여전히 손을 내밀고 있었다.

어쩔 수 없이 이슈인은 클레딘의 손을 맞잡았다. 클레딘의 커다란 손에 힘이 들어갔다.

"고맙다, 이렇게 무사히 돌아와 줘서."

'아.'

이슈인의 경례 소리에 이안은 깜짝 놀랐다.

탁하게 갈라진 거친 목소리. 이 목소리는 기억에 있었다. 분명 그의 목소리였다.

'어떻게…….'

그렇다면 어떻게 얼굴이 원래대로 돌아온 것일까?

마크에게 듣기로는 배에서 갑자기 사라질 때까지도 얼굴에 변화는 없었다.

"자, 일단 앉지."

클레딘이 자리를 권했다.

"이안 차관님, 오랜만에 만나는 동생인데 어째 아무 말이 없으시군요."

이안의 행동이 의아한 듯 클레딘이 고개를 갸웃거리면서 물었다. 이슈인이 들어오기 전만 해도 그는 잔뜩 들떠 있었기 때문이다.

"아, 깜짝 놀라서 말입니다."

"네?"

이안의 대답에 클레딘은 알 수 없다는 얼굴을 했다.

"이슈인."

이안이 자신의 맞은편에 앉은 동생을 불렀다.

"응."

재미없는 형제 간의 상봉이다.

"어떻게 된 거냐?"

"응?"

"그 얼굴."

"아!"

맞다. 사이몬의 기억에 분명 사이몬은 형과 만났다. 형은 당연히 사이몬, 즉 자신의 얼굴을 알고 있었다.

"나도 그게 궁금해. 내 얼굴이 어떻게 된 건데 밀레느 프라임이 내 얼굴을 단번에 알아본 거야?"

죽었다 생각한 동생이 돌아오자마자 형은 얼굴이 어떻게 된 거냐고 묻는다. 그리고 동생도 그게 이상하다고 대답한다. 대체 이게 어찌 된 일이란 말인가.

클레딘과 밀레느는 그런 심정으로 두 사람을 번갈아 가면서 쳐다보았다.

"군단장님. 이 방에 혹시 거울이 있습니까?"

이안이 클레딘에게 물었다.

"잠깐만 기다리십시오."

클레딘이 방 밖에 있는 부하를 부르려고 했다.

"여기 있습니다."

그때 밀레느가 품에서 작은 거울을 꺼내서 건넸다. 상당한 고가품임에도 가지고 있는 것으로 보아 역시 그녀도 여자였다.

"고맙습니다."

밀레느가 내민 거울을 이안은 이슈인에게 건넸다.

"봐라."

짧은 말에 이슈인은 지체없이 거울로 자신의 얼굴을 살폈다. 작았지만 얼굴을 살피는데는 아무 지장이 없었다.

거울을 뚫어지게 바라보는 이슈인은 아무 말이 없었다. 급격히 커진 동공이 그가 무척이나 놀랐음을 말해주고 있었다.

"어떻게……."

한참 후에야 흘러나오는 작은 목소리.

"내가 묻고 싶은 말이다. 전에 왔을 때의 넌 그런 모습이 아니었다."

이슈인은 스스로도 믿을 수가 없었다. 어떻게 얼굴이 원래대로 돌아와 있단 말인가.

"네가 전에 입은 얼굴의 상처는 고위 신관의 치료 마법이 아니면 도저히 고칠 방도가 없었어. 그래서 이레아가 바쁜 가운데도 백방으로 신관을 알아봤었지."

이안의 말에 이슈인의 몸이 부르르 떨렸다.

'마법…….'

마법으로는 고칠 수 있는 정도의 상처라고 했다.

'아크.'

그렇다면 답은 하나다.

마법을 그다지 능숙하게 펼치지는 못하지만 드래곤의 마법을 익힌 사람.

마법을 좋아하지는 않지만 드래곤 로드를 친구로 두고, 친구에게서 치료 마법을 배운 사람.

그 사람이 아크다.

'고마워요.'

아마 자신이 모르게 마법으로 자신의 얼굴을 고쳐 준 것이리라.

고칠 수 있다면 왜 지난번에 고쳐 주지 않았는지는 미처 생각하지 못한 이슈인은 그저 아크가 고맙기만 했다.

이슈인이 보이는 모습에서 이안은 그가 해답을 찾았음을 알 수 있었다.

"여기 있습니다."

이슈인이 밀레느에게 거울을 돌려줬다.

"자, 이제 차근차근 말해봐. 어떻게 된 거지?"

"내가 기억을 되찾은 것은 알고 있지?"

"물론, 마크에게 들었어."

이미 마크와 아르시안 공주가 도착했을 예정일이 지나 있었다. 분명 왕도에 그들이 있을 것이다.

"잠깐, 잠깐 실례합니다. 이안 차관님, 저도 알아들을 수 있게 이야기를 해주면 좋겠습니다만."

도무지 무슨 이야기를 하는지 알아들을 수가 없었기에 클레딘이 손을 들며 두 사람의 대화에 끼어들었다.

"아, 죄송합니다."

그제야 자신의 실책을 깨달은 이안이 고개를 숙이며 사과했다.

"군단장님께 모든 사실을 알려 드리는 거야 당연한 일입니다만……"

이안의 시선이 밀레느를 향했다.

설명을 하자면 레퀴엠과 아스카론에 대한 이야기도 나온다. 그것은 왕국군 특급 기밀이다.

클레딘은 몇 안 되는 특급 기밀 접근 가능자였고 이슈인은 그 당사자다. 하지만 밀레느는 자격이 없었다.

"그럼 저는 이만 나가 있도록 하겠습니다."

금세 사정을 알아차린 밀레느가 자리에서 일어나 방을 나갔다.

"똑똑한 친구죠."

그 모습에 클레딘이 웃음 지으며 말했다.

"그렇군요."

"밀레느 프라임을 나가야 하는 이유가 그녀가 접근할 자격이 없는 기밀 때문이겠지요?"

"그렇습니다."

"메테나이져의 테스트 라이더까지 한 그녀가 접근할 수 없는 기밀이라……"

"특S급입니다."

이안의 대답에 클레딘의 눈이 커졌다. 설마 특S급일 줄은 몰랐던 것이다.

"그러면 아무리 저라도 전하의 허락이 있어야⋯⋯."

"괜찮습니다. 이슈인이 돌아온 순간부터 군단장님께서도 아셔야 할 사항입니다."

이안의 대답에 클레딘이 고개를 끄덕였다.

"그렇군요. 그렇다면 이곳에서 이야기할 수는 없지요."

그러면서 클레딘은 가운데 있는 탁자의 한 곳을 지그시 눌렀다. 그러자 얇은 빛의 막이 생기면서 소파가 있는 자리 전체를 감쌌다.

혹시 모를 상황을 대비한 보안 마법이었다.

"이제 이야기를 들어볼까요."

이슈인의 입이 천천히 움직이기 시작했다.

CHAPTER 6
전장으로의 복귀

　잔잔한 목소리로 이슈인이 이야기를 진행하는 동안 듣고 있는 이안과 클레딘의 표정은 여러 차례 변했다.

　몇 가지 사실을 빼고 말했음에도 이슈인의 이야기가 끝이 났을 때, 두 사람은 도저히 믿을 수 없다는 얼굴이었다. 특히나 아스카론에 의해 재탄생된 레퀴엠의 이야기에는 벌어진 입을 다물 줄을 몰랐다.

　"이거 도무지 믿어야 할지 말아야 할지……."

　클레딘이 어이가 없다는 얼굴로 중얼거렸다.

　이안은 클레딘보다는 침착한 얼굴이었다. 이미 이레아에게서 아스카론에 대한 이야기를 들었기 때문이다.

"그것보다 네 얼굴은 어떻게 된 것이지? 전에는 심하게 다쳤었는데 너는 네 얼굴이 원래대로 돌아온 것도 몰랐어."

이슈인은 아크에 대한 이야기는 일절 하지 않았다. 대신 그럴듯한 이야기를 지어서 들려줬다. 물론 중간중간 아크에 대한 사실도 섞었다. 그럼에도 이안은 몇 가지 의문점을 느낀 것이다.

"아마 마법으로 고친 것 같아. 아까 말했던 떠돌이 마법사가 나 몰래 고쳐 준 모양이야."

태연한 이슈인의 대답에 이안의 눈빛이 변했다.

'기억을 잃었을 때 우연히 입수한 반지가 한 마법사의 아티팩트였고, 배에서 갑자기 사라진 것은 그 마법사가 자신의 아티팩트를 찾기 위해 소환 마법을 사용했기 때문이라고 했었지. 그리고 그 마법사가 이슈인의 뒤죽박죽인 기억을 마법으로 정리해 줬다라…….'

자신이 알고 있는 마법적 상식과는 궤를 달리하는 이야기였다.

'과연 대륙에 그 정도의 실력을 가진 마법사가 있을까? 망망대해에 떠 있는 배에서 사람 하나를 소환하다니. 그리고 얼굴의 그 심한 상처를 고칠 능력이 있음에도 목소리는 놔뒀다?'

이슈인이 입은 얼굴의 상처는 이슈인의 생각보다 훨씬 심한 상태였다. 그것을 예전처럼 고치려면 상당한 실력의 신관이 필요했다. 그 때문에 이레아가 백방으로 알아보지 않았던 가. 얼굴의 상처를 치유할 정도의 실력이면 오히려 목소리의 치료는 더 쉬웠을 것이다. 외상에 의해 바뀐 목소리니까 말이다. 그래서 마법이 대단한 것이다.

그런데 이슈인의 이야기는 그런 이안의 상식과는 달랐다.

'언젠가는 말하겠지.'

무언가 사연이 있을 것이라 생각했다.

무엇보다 이안은 자신의 동생을 믿었다. 동생을 믿었기에 더 이상 묻지 않았다.

그런 이안의 속마음도 모른 채 이슈인은 자신의 이야기가 그럴듯했다고 만족하고 있었다.

"나로서는 한 번에 받아들이기에는 너무나 엄청난 이야기들이었네."

클레딘이 이슈인을 보면서 말했다.

비록 아덴이 운용하는 랩터2 윙 단 한 기였지만 바톤 윙의 위력은 엄청났다. 그 덕에 전선이 어느 정도 안정 국면에 접어들어 클레딘은 얼마 전에야 왕도의 기갑군단 사령부에 복귀했다. 바톤 윙의 위력을 전장에서 직접 느꼈기에 한시라도 빨리 그것의 운용이 가능한 라이더를 길러야겠다고 고민하던 차였다.

그런데 레퀴엠의 그 사기와도 같은 어마어마한 위력이라

니. 더군다나 마도 시대에 사용되었던 최종 형태의 바톤 윙이라고 했다. 정식 명칭은 이카루스.

클레딘은 그동안 레슐트 전선의 야전에서 직접 지휘를 하였기에 아스카론에 대한 정보를 거의 얻지 못한 상태였다. 그러다가 오늘 갑자기 모든 정보를 받아들이게 되니 솔직히 믿을 수가 없었다.

"전하께서는 모두 알고 계시나요?"

클레딘이 이안을 돌아보며 물었다.

"물론입니다. 아르시안 공주님의 구출 작전에 있었던 모든 일은 이미 보고가 올라가 있는 상태입니다. 뭐, 이 녀석이 사실은 사이몬이라는 것까지요."

이안의 말에 클레딘은 고개를 끄덕였다. 클레딘의 시선이 이슈인을 향했다.

"그동안 고생 많았다. 그리고 이렇게 무사히 복귀해 줘서 고맙다. 알다시피 전장은 아직도 치열한 전투 중이다."

이슈인은 두 눈을 빛내며 클레딘의 이야기를 들었다.

"지금은 한 손이 아쉬운 때야. 아덴 경 덕에 겨우 열세를 면했지만 아직도 우리 왕국의 영토에 공화국의 군대가 깃발을 꽂고 있다. 그러던 차에 자네의 소식은 그야말로 가뭄의 단비와 같아. 그간 고생했지만 앞으로도 우리 왕국을 위해 더욱 고생해줘야겠어. 사흘 후에 정식으로 명령이 내려갈 거다. 그때까지는 충분히 쉬도록."

"충. 알겠습니다."

클레딘의 명령이 떨어지는 순간 이슈인은 자리에서 일어나 경례를 했다.

"이거 군단장님께서 너무 신경을 써주시는군요. 저는 내일 당장에라도 레술트로 보내려고 했는데 말입니다."

"허허. 차관께서는 동생 생각도 좀 해주세요."

이안의 말에 클레딘은 기분 좋은 웃음을 지었다.

믿을 수는 없지만 이슈인의 말대로라면 메틀라인 왕국군은 천군만마를 얻은 것에는 비할 수 없을 만큼 엄청난 전력을 얻은 셈이니 어찌 웃음이 나오지 않을 수 있을까.

이안이 클레딘의 집무실에서 이슈인을 데리고 나왔다.

"꼴이 말이 아니네."

이안의 말에 이슈인은 빙긋 웃었다. 성문을 통과하자마자 성문 경비대의 초소에 머물렀다가 바로 이곳으로 왔다. 먼지를 뒤집어쓴 그대로였다.

"어떤 모습일지 신경 쓸 여력이 없었으니까."

이슈인의 말에 이안은 고개를 끄덕였다.

"마차가 있으니까 타고 집으로 가라."

기갑군단 사령부로 오면서 마차를 하나 더 준비해 왔다. 이슈인 본인이 맞을 때를 대비해서다.

"형은?"

"왕궁으로 가야지."

이안의 대답에 이슈인은 그게 무슨 말이냐는 듯 그를 바라보았다.

"네 녀석은 이제 평범한 왕국군의 장교가 아니란 말이다. 네가 가진 레퀴엠을 생각하면 말이지."

그 말에 이슈인은 흠칫했다.

"그렇게 엄청난 기간테스를 운용할 수 있는 사람이 너뿐이니 전하께 보고드려야지."

"알고 있었어?"

"물론. 그런 중요한 일이 보고가 안 올라왔을 거라 생각했어?"

이안의 반문에 이슈인은 고개를 끄덕였다.

엠피엘 국왕에게까지 보고가 올라가는 것은 당연한 일이다.

"그럼 일단 집에 가서 쉬고 있어."

사령부 건물의 정문을 나오자 두 대의 마차가 대기하고 있었다. 클레딘이 부하를 통해 미리 언질을 준 덕에 이안과 이슈인이 나오는 때를 맞추어 기다린 것이다.

두 사람은 각기 다른 마차에 올랐다.

기갑군단 사령부의 담장을 벗어나자 마차는 각기 다른 길로 달렸다.

이슈인은 마차에서 밖의 풍경을 바라보았다. 오랜만에 보는 거리인데도 익숙한 풍경이다. 마차는 이슈인의 기억에 있는 길들을 달렸다.

마차는 어느새 왕도의 고급 저택가에 접어들고 있었다. 그리고 조금 지나서 큰 문을 지나쳤다. 바첼러 백작가에서 왕도에 마련한 저택이었다.

마차가 건물의 현관 앞에 서고 이슈인이 마차에서 내렸다.

이미 현관 앞에 나와 있던 집사가 눈물이 그렁그렁한 얼굴로 이슈인에게 달려왔다.

"도련님!!"

그 외 아무 말도 하지 못했다.

이슈인은 그저 미소를 지은 채 자신을 반기는 집사를 바라보았다.

참으로 오랜만에 이슈인 바첼러는 집으로 돌아왔다.

이슈인이 저택에 도착할 무렵 이안은 왕궁의 정문을 지나치고 있었다. 몇 가지 절차를 거쳐 그는 어느새 엠피엘 국왕의 서재에서 국왕과 마주하고 있었다.

"동생이 확실한가?"

"그렇습니다. 많은 일들을 겪었다고 합니다."

이안의 대답에 엠피엘 국왕이 고개를 끄덕였다.

"참으로 다행스러운 일이야. 내 지금까지 무척이나 신경이 쓰였는데 말이야."

당연한 일이다.

바첼러 백작가는 그야말로 국왕의 오른팔이었다. 국왕의 최심복으로 그로서도 여러모로 신경이 쓰이는 가문이다. 그런 가문의 차남이 왕국군에서 실종되었으니 어찌 신경이 안 쓰였을까.

"감사합니다."

이안의 말에 엠피엘 국왕은 그저 미소를 지었다.

이안은 이슈인에게서 들은 이야기를 국왕에게 풀어내기 시작했다. 중간 중간 자신의 생각도 곁들였기에 이슈인이 이야기한 것보다 내용이 많았다.

제법 긴 시간이 걸려 이안의 이야기가 끝이 났다.

"음… 그야말로 엄청나군."

차를 한 모금 마신 후 엠피엘 국왕이 놀랍다는 얼굴로 말했다. 그의 두 눈은 반짝반짝 빛나고 있었다.

"아무튼 대단하이. 설마 그가 자네 동생이었다니. 그렇다면 이것으로 바첼러 백작가의 힘은 더욱 강해졌군."

"국왕 전하의 충실한 검일 따름입니다."

엠피엘 국왕의 말에 이안이 고개를 숙이며 말했다. 그런 이안의 반응이 만족스러운지 엠피엘 국왕의 얼굴이 더욱 밝아졌다.

"음… 클레딘 군단장이 사흘 정도 휴가를 줬다고?"

"네."

"군단장이 그렇게 했다면 그렇게 해야지. 그러면 동생, 이슈인 경이 푹 쉴 수 있게 배려해 주게나. 일단 레퀴엠에 대한 것은 귀족 회의에서 밝혀야 할 것 같군."

"아무래야 그래야 할 것 같습니다. 구출대에 하이드론 공작가의 차남이 함께 있었기에 이미 레퀴엠에 대한 소문이 귀족들 사이에 파다한 상태입니다."

이안의 말에 엠피엘 국왕은 고개를 끄덕였다.

"다른 것은 다 괜찮은데… 이슈인 경이 배에서 갑자기 사라진 부분이 영 걸린단 말이야."

그것은 이안 역시 마찬가지였다. 하지만 이슈인의 그렇게 말하니 믿을 수밖에 없었다. 이안은 동생이 어떤 사정을 가지고 있던 동생을 믿을 생각이었다.

하지만 귀족원의 귀족들은 그렇지 않았다.

"그럼 레퀴엠에 대한 회의는 나흘 후에 열겠다고 귀족원에 통보해 두는 것이 좋겠군."

나흘이라는 말에 이안이 엠피엘 국왕을 바라보았다.

"귀족원의 귀족들이라면 분명 라이더를 소환하라 하겠지만… 여전히 우리 왕국의 영토에 공화국군이 들어와 있는 상황에서 최전방의 라이더를 불러들이는 일은 허락할 수 없지."

그 말에 이안은 국왕의 의도를 이해할 수 있었다. 휴가가 끝나는 즉시 이슈인을 레술트 지역에 배치하려는 것이다. 레술트 전선의 전력도 강화하는 한편 귀족들에게서 이슈인을 숨길 수 있으니 일석이조인 셈이다.

단지 이안으로서는 동생을 다시 최전방으로 보내야 한다
는 것이 걱정스러울 뿐이다.

하지만 이번에는 레퀴엠과 아스카론이라는 든든한 아군이
있으니 조금은 마음이 놓인다고 할까.

"알겠습니다."

그리고 이안은 서재에서 물러나 저택으로 향했다.

사흘은 짧은 시간이었다.

이슈인을 다시 만난 아르시안 공주는 하루 종일 울었다. 어
떻게 달래도 눈물을 멈추지 않았다. 다시는 헤어지지 않겠다
고 다짐한 순간 이슈인이 사라졌다. 그리고 이제야 눈앞에 나
타났다. 그간 쌓였던 감정의 둑이 무너지면서 그것이 눈물로
나온 것이다.

덕분에 이슈인은 아르시안과 함께 있는 내내 좌불안석이
었다.

둘째 날은 바첼러 영지로 갔다. 아버지와 누나, 그리고 여
동생.

역시 가족들의 품은 따뜻했다.

그리고 이슈인은 레퀴엠을 이올린과 이레아에게 빼앗겼
다.

그럴 수밖에 없는 것이 리크리에이트가 완료되자마자 레
퀴엠이 소환된 탓에 두 사람은 그림자도 보지 못한 탓이었다.

심지어 두 사람의 요구에 테스트 라이더의 역할까지 수행해야 했다.

이카루스는 이슈인이 있어야만 펼칠 수 있었기 때문이다.

마지막 날.

왕도로 돌아온 이슈인은 마크를 만났다. 마크는 구출대의 임무 성공으로 받은 포상 휴가를 즐기는 중이었다.

마크를 만나서는 한바탕 검을 섞었다. 사이몬으로 살던 몇 달간 얻은 소득을 완벽히 체득하였기에 자유자재로 피어스 브레이크를 펼쳐 냈다.

"빌어먹을 놈!"

이슈인이 마크의 저택을 떠날 때 그가 이슈인의 등 뒤에 대고 외친 소리다.

그렇게 사흘의 휴가 마지막 날 밤이 되었다.

저택으로 돌아오기 전 아르시안을 찾아가 저녁을 함께한 덕에 밤늦은 시간에야 저택에 돌아왔다.

저택에는 이슈인을 기다리는 손님이 있었다.

클레딘 군단장이었다.

"충."

응접실에서 기다리고 있는 클레딘을 보는 순간 이슈인은 경례를 했다.

"그래. 사흘간 푹 쉬었나?"

"네."

"앉지."

이슈인의 대답에 미소를 지으며 클레딘이 자리를 권했다.

"내가 왜 이 늦은 시간에 이슈인 써드를 찾아 왔는지 궁금하지?"

"네. 그렇습니다."

클레딘의 물음에 이슈인은 솔직하게 대답했다. 이슈인의 대답에 클레딘은 품에서 회중 시계를 꺼내어 시간을 확인했다.

"어디 보자… 23시 05분이라……."

"이제 휴가도 55분 남았구만."

그 말에 이슈인은 놀란 얼굴로 클레딘을 쳐다보았다.

"왜 그렇게 놀라나? 이제 55분이 지나면 날짜가 바뀌는데. 안 그런가?"

미소를 짓는 클레딘의 얼굴을 보고 있자니 이슈인의 눈에 그 미소가 그렇게 사악하게 보일 수가 없었다.

"맞습니다."

이슈인이 떨떠름한 얼굴로 대답했다. 그 표정을 본 클레딘의 미소가 더욱 진해졌다.

"이안 차관께 대강 이야기는 들었을 테지?"

"아무것도 듣지 못했습니다."

돌아온 대답에 클레딘은 살짝 놀란 얼굴을 했다.

"이런… 차관님도 짓궂으시군."

'그러게 말입니다.'

이슈인이 속으로 생각했다. 항상 형은 이랬다고.

"뭐, 그래도 자네 스스로도 대강 짐작하겠지? 자네가 어디로 배치될지는."

클레딘의 물음에 이슈인은 고개를 끄덕였다. 레퀴엠이라는 엄청난 힘을 지닌 자신이다. 그런 자신이 배치될 곳은 뻔했다. 전투가 가장 치열한 지역, 최전방이다.

"내일 10시에 귀족원에서 레퀴엠에 대한 회의가 시작된다고 하더군. 귀족파의 귀족들이라면 분명 자네를 소환하려 할 테니… 0시가 되는 즉시 배치 지역으로 떠나게."

클레딘의 말에 이슈인의 시선이 클레딘의 뒤쪽 벽에 걸려 있는 괘종 시계로 향했다.

23시 15분.

이제 45분 남았다.

어떤 상황이라 하더라도 군인에게 있어 휴가가 끝나기 직전의 시간은 정말 괴롭다. 본대로 복귀하는 발길이 천근만근 무거운 때가 그때이건만 이건 아예 집으로 쳐들어와서 휴가가 끝났다고 알려주니 참으로 씁쓸했다.

"이게 배치 명령서야."

클레딘이 탁자 위에 봉투 하나를 올렸다.

"그리고 이게 진급 명령서."

그 위에 하나의 봉투를 더 포개어 올린다.

그때 한 클레딘의 말을 제대로 못 들었다는 듯 이슈인이 클레딘을 쳐다보았다.

"설마 레퀴엠 정도 되는 기간테스의 라이더를 써드 나이트로 둘 거라 생각한 건가?"

그랬다.

레퀴엠의 위력이라면 굳이 다른 기간테스와 함께 작전을 수행할 필요가 없었다. 이카루스의 위력이라면 단독으로도 엄청난 위력을 발휘한다. 그것은 이미 아덴이 증명해 주지 않았던가.

"이제부터는 써드는 써드인데 써드 룩이야, 자네."

3계급이 올랐다.

순식간의 특진이다. 라이더들이 의무 복무를 만료하는 시점에서의 계급이 퍼스트 나이트다. 밀레느가 현재 마지막 5년차 복무를 하면서 퍼스트 나이트가 되어 있는 상태임을 생각하면 파격이었다.

"아덴 로이츠 경 알지?"

"네?"

"아, 프로페서라고 해야 하나?"

이슈인의 반문에 클레딘이 정정했다.

"아, 네. 압니다."

"그 친구 본명이 아덴 로이츠야."

그제야 이슈인의 머릿속에 프로페서와의 첫 만남이 생각

났다. 그때 그는 분명 자신을 아덴이라고 소개했었다.

"그 친구가 지금 써드 룩으로 레술트 지역에 있어. 그래서 자네도 써드 룩으로 해준 거니까."

3계급 특진에 대한 이유로는 참으로는 기운 빠지는 이유다.

"이제 30분 남았군."

회중 시계를 들여다본 클레딘이 말했다.

"포털 마법진의 준비가 완료되었습니다."

그때 집사가 나타나 클레딘에게 말했다.

'치밀하군.'

아마도 이곳에서 바로 레술트로 보내 버릴 생각인 듯했다.

"들었지? 자네 방에 새 군복이랑 필요한 것 다 가져다 놨으니까 준비하고 지하로 내려가라고. 특별히 왕궁의 허가를 받아서 열어놓은 포털이니까."

자정에 가까운 시간이다. 이 시간에 저택에 있는 포털을 가동하려면 상당히 복잡하고 까다로운 절차를 거쳐야 했다.

어쩔 수 없다는 얼굴로 이슈인은 방으로 올라갔다.

잠시 후 군복으로 갈아입고 완전히 준비한 모습으로 이슈인이 나타나자 클레딘은 흡족한 미소를 띠었다.

지금 지하 포털 마법진이 있는 곳으로 내려와 있었다.

"이제 그만 올라가지."

클레딘의 말에 이슈인이 고개를 저었다.

"저 아직 휴가 중입니다."

23시 50분.

과연 아직 10분이 남아 있었다.

"빌어먹을 녀석. 10분 정도 일찍 가면 뭐 어때서……."

클레딘의 중얼거림에도 이슈인은 꿈쩍도 하지 않았다.

휴가 종료 시간에 딱 맞춰서 마법진에 올라서는 것. 그것이 그가 할 수 있는 유일한 반항이었다.

이윽고 0시 정각이 되자 이슈인은 마법진의 환한 빛에 휩싸인 채 사라졌다.

*   *   *

시간은 다시 일주일을 거슬러 올라간다.

바스테리안은 아크에게 낭패를 당한 후 정선 지역을 벗어나자마자 공간이동을 했다.

로브를 걸치고 후드를 깊게 눌러쓴 모습의 박스터로 돌아온 그는 아래에 보이는 산을 보며 싱긋 미소를 지었다. 후드의 그림자 아래로 보이는 그 미소는 음습했다.

"이쯤이면 적당하겠지."

셀 산맥.

리퍼블릭의 북쪽으로 벨런시아 공화국과 원글로스 왕국의 국경을 긋는 산맥이다.

박스터는 그중에서도 리퍼블릭의 북문에서 정북으로 곧장 이동하면 마주치는 산의 한 골짜기에 있었다.

플라이 마법으로 공중에 떠서 주위를 대강 둘러보던 그는 한곳에 내려왔다.

"디그(Dig)."

간단한 시동어와 함께 땅이 파헤쳐지기 시작했다.

디그는 본래 땅을 파는 기본적인 마법이다. 흙으로 이루어진 땅은 깊게 파나 돌로 이루어진 바닥은 그다지 깊게 파지 못한다. 하지만 박스터가 사용하니 달랐다.

그 앞에 무엇이 있든지 거침이 없었다. 박스터가 머릿속에 그리는 대로 땅이 파이고 굴이 생겨났다. 그렇게 얼마나 흘렀을까. 박스터가 미소를 지으며 고개를 끄덕였다.

"이 정도면 그럴듯하겠지?"

박스터는 자신이 만든 작품을 감상하면서 이곳저곳 움직였다.

계곡의 땅 아래로 내려와 다시 옆으로 파들어가 만든 거대한 동굴과도 같은 공간. 그것은 마법사들이 개인의 연구를 위해 만드는 던전과도 같았다.

"기본 골격은 만들었으니 이제는 꾸며야겠지?"

박스터가 허공을 향해 손을 뻗었다.

그러자 그의 손끝이 닿은 공간이 일그러지기 시작했다. 일그러짐이 절정에 달하자 검은 공동이 공간의 한 부분에 나타났다.

"아공간에 필요한 것은 이것저것 있을 테니까."

그의 손이 아공간이라 부른 곳으로 들어갔다 나올 때마다 수십 권의 책이 쏟아져 나왔다. 그리고 여러 가지 마법 물품들이며 실험 기구들 역시 쏟아져 나왔다.

"그럴듯하게 보이려면 제대로 된 것들이 있어야지."

가만히 선 채로 손을 이리저리 움직이자 박스터가 아공간에서 꺼내 아무렇게나 흩어놓은 것들이 사방으로 흩어졌다가 차곡차곡 깔끔하게 정리되었다.

"좋아. 거의 다 됐군."

박스터는 이곳저곳을 꼼꼼히 살피고는 고개를 끄덕였다.

"여기에 시간만 더하면 완벽하겠지."

그렇게 중얼거린 후 잠시 생각에 잠겼다.

"역시 이렇게 자세한 자료라면 마도 시대의 연대여야 하겠지?"

박스터는 책꽂이에 수없이 꽂힌 책 중 몇 권을 빼 들었다. 그것은 그가 페니카이아의 레어에서 마법으로 복제를 해온 책이었다. 그 위에 다시 마법을 덧씌워 빼서 보았던 흔적을 지운터였다. 아크가 마법에는 그다지 관심이 없었기에 가능한 방법이다.

"재질 자체도 마도 시대의 그것으로 했으니 시간의 흐름을 버티겠지."

양손에서 검은 기운이 피어오르는가 싶더니 양손으로 들고 있는 책을 뒤덮었다. 책들이 완전히 검게 물들었다 싶은 순간 박스터가 나직이 중얼거렸다.

"타임 패스트(Time Past)."

검은 기운이 투명해지며 빛나기 시작했다. 검고 투명한 막이 책들을 감싸고 있는 듯한 모습이다. 그 투명한 막을 통해 내부에 있는 책들의 모습이 변했다. 급격히 삭아가고 있었다. 세월의 흐름에 따른 변화가 순식간에 일어나고 있었다.

"음. 좋아. 다행히 시간의 흐름을 버티는군."

박스터는 만족한 듯 고개를 끄덕이며 그 책들을 조심스레 책꽂이 곳곳에 꽂았다.

타임 패스트.

중간계에서는 오직 드래곤만이 가능한 마법이다.

말 그대로 시간을 흐르게 하는 마법으로 오직 일정한 범위 내의 사물에만 쓸 수 있다. 그러면 그 범위 안의 사물은 시술자가 생각한 정도의 시간이 순식간에 흐르게 되는 것이다. 그 범위 안에 단 하나라도 생명체가 포함되어 있다면 마법은 자동으로 캔슬된다.

생명을 가진 것에는 불가능했다. 생명체의 시간을 자유로이 흐르게 한다는 것은 오직 신에게만 허락된 권능이었다.

드래곤이 그 권능의 아주 작은 조각을 전해 받아 사물의 시간을 인위적으로 흐르게 하는 타임 패스트라는 마법을 사용할 수 있는 것이다. 물론 상당한 세월을 살아온 개체만이 가능한 마법이다.

다시 박스터의 손에서 검은 빛이 스멀거리며 벽면을 타고 사방으로 뻗어나갔다. 일부 지역을 잠식하자 박스터는 다시금 타임 패스트의 시동어를 중얼거렸다.

그렇게 몇 번의 작업을 하자 충분히 이천 년 이상은 흐른 것 같은 모습의 던전이 완성되었다.

"좋아. 이 정도면 충분하군. 대강 신성 시대 중후기쯤 살아남은 마법사의 후예가 연구를 하던 던전쯤으로 보이겠지?"

미소를 지으며 박스터는 자신이 만든 던전을 벗어났다. 그리고 입구를 큼지막한 바위로 막았다. 물론 그 주변으로도 타임 패스트의 마법을 사용했다.

바위와 땅이 세월의 흐름에 따라 변화했다.

"풀과 나무도 손볼 수 있으면 좋겠지만 그것이야말로 신의 영역이니……."

박스터는 아쉽다는 듯 중얼거렸다.

"어차피 이곳은 사람의 발길이 거의 닿은 적이 없는 곳 같으니 이곳의 원래 지형 따위를 기억하고 있을 녀석은 없겠지. 그럼 내일쯤 다시 마지막 작업을 하러 와야겠군. 너무 깊은 곳이니 가급적 좀 규모를 크게 하는 게 좋겠지?"

그 말을 끝으로 박스터는 그곳에서 사라졌다.

그리고 다음날.

셀 산맥의 중심부에서 커다란 지진이 일어났다. 그것으로 산맥 일부의 지형이 변했다.

박스터는 자신의 집무실에서 오후의 티타임을 즐겼다. 아침 일찍 셀 산맥에 다녀온 후 정시에 집무실에 들어와 오전의 업무를 보았다.

자신이 먼저 일으킨 전쟁이긴 하지만 덕분에 처리해야 할 일이 무척이나 많았다.

이 티타임은 그렇게 바쁜 와중에 박스터가 가장 편안하게 쉬는 시간이었다. 바쁜 가운데 짧은 휴식이었기에 그에게는 더 없이 소중한 시간이다.

그 시간에 엥겔스가 헐레벌떡 그를 찾았다.

"무슨 일인가?"

엥겔스의 다급한 얼굴을 보고 박스터는 의아하다는 얼굴로 물었다. 이 시간에는 어지간해서는 자신의 휴식을 방해하지 않기 때문이다.

"그게… 셀 산맥에서 지진이 일어났습니다."

"으음… 그런데?"

지진이라는 것은 커다란 천재지변이지만 대륙에서도 일 년에 한두 번은 일어난다. 공화국은 몇 년째 지진이 없었으니 지금쯤 한 번 일어난다고 해서 별일은 아니었다. 그런데 엥겔스가 저런 반응을 보이니 박스터가 고개를 갸웃거렸다.

"지금까지와는 비할 수 없이 큰 규모입니다. 셀 산맥 일부의 지형이 변할 정도로 말입니다."

'그랬지. 어제랑은 생각이 바뀌어서 혹시라도 주변 지형을 알고 있는 녀석이 있더라도 알아보지 못하게 철저히 망가뜨렸으니까. 게다가 그곳은 너무 깊은 곳이라 그 정도로 해주지 않으면 쉽게 발견될 것 같지도 않았고.'

그런 박스터의 내심은 모른 채 엥겔스는 보고를 계속했다.

"몇 년간 아무런 지진도 없던 우리 공화국에 갑자기 그런 큰 지진이 일어나 공화국민들이 불안해합니다. 더군다나 한창 전쟁 중인지라… 흉조가 아니냐는 소문까지 퍼지고 있습니다."

"허… 지진이 일어난 게 언제인가?"

"오늘 이른 아침입니다."

"그런데 그렇게 빨리 동요가 일고 있다고?"

박스터가 이해할 수 없다는 얼굴로 고개를 갸웃거렸다.

"그것이… 선동하는 무리가 있는 것 같습니다."

"흐음… 역시 그 녀석들인가?"

그날 밤. 수도에 있었던 혼란. 메틀라인의 장거리 포격과 갑자기 나타난 기간테스가 야기한 혼란 덕에 레지스탕스 일부가 도망쳤다고 했다. 수뇌부는 모두 잡아들였지만 완전히 쓸어버리지 못했던 것이다.

"아마도 그런 것 같습니다."

"쯧."

엥겔스의 대답에 박스터는 낮게 혀를 찼다.

"그리고……."

"응?"

다른 할 말이 있는지 엥겔스가 길게 말을 끌었다.

"뭔가?"

"셸 산맥의 레인져로부터 보고가 있었습니다. 갑작스런 지진으로 산맥 일부의 지형이 크게 변해 즉각 새로 주변 지형도 작성을 위해 탐색을 하던 중 기이한 곳을 발견했다 합니다."

"지진이 난 것이 오늘 이른 아침인데 벌써 움직였다고? 빠르군."

"우리 공화국군은 정예 중의 정예입니다."

엥겔스의 대답에 박스터는 만족스러운 미소를 지었다. 자신이 만든 체계이지만 너무나 잘 돌아가고 있는 것에 대한 만족이었다.

"그래, 무엇을 발견한 거지?"

"그것이……."

엥겔스는 조심스레 말을 꺼내면서 주위를 살폈다. 아무도 없다는 것을 알면서도 저렇게 조심하는 것을 보면 보통 일은 아닌 듯했다. 이미 모든 사실을 아는 박스터로서는 웃길 수밖에 없었다. 자신이 꾸민 일이니까. 하지만 저런 엥겔스의 신중함은 마음에 들었다.

"아무래도 던전 같습니다."

"던전? 호오, 대단한 일이로구만……."

박스터의 두 눈에 흥미가 떠올랐다. 물론 연기였다.

"네. 그래서 제가 직접 가볼까 합니다."

한창 치열한 전쟁이 벌어지는 와중에 통령의 참모나 다름없는 그가 자리를 비우는 것은 큰 일이다. 그만큼 통령에게 업무가 가중되니 말이다. 그럼에도 그는 직접 가고 싶다는 의견을 조심스레 말했다.

마법사의 호기심은 그만큼 강했다.

'그래야지. 그래 주지 않으면 내가 곤란해. 그곳의 진가를 알 만한 사람은 우리 공화국에서는 자네 외에는 몇 없으니까.'

박스터는 고개를 끄덕였다.

"그렇게 하게."

"네?"

엥겔스는 조심스레 청을 하면서도 큰 기대는 안 했기에 깜짝 놀라 박스터를 쳐다보았다.

"왜 그러는가?"

"네? 그, 그것이……."

"그렇게 놀랄 것 없네. 자네가 가야 그 던전을 제대로 조사할 수 있을 것이라 생각했을 뿐이니까."

"감, 감사합니다."

엥겔스는 허리를 크게 숙이며 인사를 했다.

"뭐, 앞으로 조금 더 바빠지겠군."

서둘러 박스터의 집무실을 벗어난 엥겔스는 빠르게 일행을 뽑아서 셀 산맥으로 향했다.

그로부터 이틀 후 박스터는 엥겔스로부터 엄청난 마도 유산을 발견했다는 연락을 받을 수 있었다.

*　　　*　　　*

대륙력 2057년 10월 20일 0시 정각.

이슈인은 정확히 그 시간에 레술트 방어선의 서부 기갑사단 본부의 포털 마법진 위에 모습을 드러냈다.

이미 미리 연락을 받은 사단장과 참모진들이 이슈인을 기다리고 있었다.

공간 이동이 끝나자마자 보이는 계급장에 이슈인은 깜짝 놀랐다.

"충! 이슈인 바첼러 써드 룩. 배치를 명받고 왔습니다."

"충. 늦은 시간에 오느라 수고했다. 일단 따라오도록."

이슈인의 보고를 받은 서부 기갑 사단의 사단장 크로아는 앞장서 걸음을 옮겼다.

이슈인은 곧장 그 뒤를 따라갔다.

도착한 곳은 서부 사단의 작전 본부였다. 그곳에는 낯익은 얼굴이 한 명 있었다.

프로페서였다. 시선이 마주치자 이슈인은 미소로 안부를 전했다. 사단장이 있는 자리에서 그 이상의 인사는 무리였다.

"인사하지. 이쪽은 랩터2 윙의 라이더인 아덴 로이츠 써드 룩이야. 아, 이미 서로 알고 있는 사이라고 했던가?"

크로아 사단장의 말에 아덴은 고개를 갸웃거렸다. 눈이 마주치자 자신에게 건넨 미소도 그렇지만 자신은 그를 알지 못했다. 전해 듣기로 신형 기체를 운용할 라이더로 바첼러 백작가의 차남이라고 하지 않았던가. 그 유명한 이슈인 바첼러 말이다.

하지만 어딘가 낯이 익은 얼굴이기는 했다.

지금 중요한 것은 그것이 아니기에 일단 아덴은 자신의 궁금함은 한켠으로 접어두었다. 지금은 작전 회의 시간이다.

"이슈인 써드, 자네는 워낙 오랜만의 복귀라 현 상황을 잘 모를 거야. 불과 얼마 전까지 하더라도 동부 기갑 사단의 전력의 절반도 이곳으로 모여서 방어선을 펼쳤었다. 그래서 클레딘 군단장님께서 직접 지휘를 하셨지. 하지만 아덴 써드 덕에 어느 정도 전선의 사정이 나아져서 동부 사단은 다시 원위치하고 우리 서부 사단만으로 방어선을 펼치고 있어. 우리 사단이나 동부 사단 모두 전력의 누수가 컸기에 동부 사단이라도 전열을 가다듬기 위한 조치지."

크로아 사단장은 자신이 직접 지도 곳곳을 가리키며 이슈인에게 설명을 했다. 일개 써드 룩에게 이런 설명이라니 일반적인 군의 명령 체계를 생각한다면 있을 수 없는 일이었다.

"레술트 방어선에 투입된 우리 군의 기간테스 총병력은 초기에는 모두 170기였지. 하지만 현재 남아 있는 기동 가능한 기간테스는 130기에 불과하다. 중앙으로부터 꾸준히 랩터2가 보급되고 있지만 전투 중에 파손되는 수는 그보다 더하다. 솔직히 아덴 써드가 오기 전까지는 끝없는 소모전이나 다름없었지. 성능에서 적들의 자이안에 밀렸으니까."

그 부분을 말할 때의 크로아 사단장의 얼굴은 어두웠다. 전투 중 전사한 부하들이 떠오른 듯했다.

"지금은 일단 적들의 공세를 막아낸 상태다. 그래서 생산이 완료된 랩터2들은 동부 사단으로 보내지고 교체된 바일론들이 이곳으로 배치되는 형편이야. 왜 그런지 아나?"

"바톤 윙 때문입니까?"

사단장의 질문에 이슈인은 자신의 짐작을 말했다.

"그렇지. 그런데 문제가 생겼어. 바로 라이더의 훈련 과정이 만만치 않다는 것이지. 사실 아덴 써드의 경우가 이상한 거라 하더군. 저렇게 대단한 라이더는 없을 것이라는 게 메카나이져 사람들의 의견이야. 바톤 윙의 완성 소식과 함께 훈련에 들어간 라이더들 중 아직도 날아오른 녀석이 하나도 없으니 말이야. *쯧쯧쯧*"

크로아는 무언가 마음에 안 든다는 듯 혀를 찼다.

"그러던 차에 자네의 신기종이 완성된 것이지. 바톤 윙을 뛰어넘는 이카루스라는 비행 장치를 장착한 기간테스 레퀴엠이."

이미 크로아 사단장에게는 레퀴엠에 대한 사항들이 전달된 모양이었다.

그의 말에 그 자리에 모인 모두의 얼굴에 경악이 떠올랐다. 그 모습을 보아 오직 크로아 사단장에게만 극비리에 전달된 듯했다.

"뭐, 마도의 유물을 개량한 것이라 단 한 기만이 존재한다는 것이 아쉬울 지경이야, 현재 상황은."

그 말에 경악했던 이들의 얼굴에는 작은 실망이 스쳤다.

"흠흠. 어쨌든 그래도 자네 덕에 곤란한 상황을 해소할 수 있게 됐다는 것이다. 자네와 아덴 써드는 각기 1기로서 하나의 대대가 될 것이다. 본래 대대장은 세컨 룩이 맡아야 하지만 자네들은 그런 것에 상관할 바가 아니니까. 단 한 기로 한 개 대대 이상의 위력을 발휘하니까. 그러니까 어느 정도의 자신의 판단하에 작전을 진행할 수 있는 독립적인 작전권까지 인정해 준다는 말이다. 알겠나?"

"네."

"좋아. 레술트 지역은 무척이나 폭이 좁아. 광활한 땅이긴 하지만 한 개 기갑사단으로 방어선을 펼치면 충분히 틀어막을 수 있지. 뭐, 디스토션 덕분에 한 개 기갑사단으로는 모자

란 적도 있지만. 이제는 우리가 반격할 때지. 이곳과 이곳 보이나?'

크로아 사단장은 레술트에서도 산맥과 해안 쪽으로 치우친 양쪽을 가리켰다.

"네."

"이곳 해안 쪽은 이슈인 써드에게 맡긴다. 그리고 산맥 쪽은 아덴 써드에게 맡기지. 두 사람은 각기 양쪽에서 치고 올라간다. 각기 한 개씩의 기갑 연대가 뒤따르면서 지원을 할 것이다. 결국은 역습의 선봉을 서란 말이야. 제1기갑연대는 해안을 따라, 제2기갑연대는 산맥을 따라 간다. 그리고 제3기갑연대는 이곳에서 방어선을 유지한다. 모두 알겠나?'

"네!"

"넷!"

그 자리에 모여 있던 모두가 우렁차게 대답했다.

드디어 기다리고 기다리던 역습의 순간이었기에 모두의 눈은 투지로 불타고 있었다.

"좋아. 작전 개시 시간은 내일 09시 정각이다. 그렇게 알고 모두 준비하도록."

그 말로 작전회의는 끝이었다. 작전 회의라기보다는 일방적인 작전 고지나 다름없었지만 모두의 눈에는 기대가 어렸다.

전장에서 함께 전투를 치르면서 본 랩터2 윙의 위력 덕이다. 그만한 위력을 가진 신기체가 한 기 더 투입되었다 하니 모두들 천군만마를 얻은 기분이었다.

작전 본부를 벗어나는 찰나 아덴이 이슈인을 불렀다.

"잠시 이야기를 좀 나눌 수 있을까요?"

"물론입니다, 프로페서."

미소를 지으며 건넨 이슈인의 대답에 아덴의 얼굴이 흠칫 굳었다. 용병 시절 자신의 별명을 알고 있다. 그것은 그 시절의 자신을 안다는 뜻이다.

"저는 이슈인 서드를 만난 적이 없습니다만."

"이런 제 목소리를 잊으셨다니 섭섭하군요."

그 말에 이슈인이 정말 섭섭하다는 표정으로 대답했다. 그렇게 들으니 분명 어디선가 들은 목소리다. 저렇게 거칠고 탁하게 갈라진 목소리는 쉬이 들을 수 있는 목소리가 아니었다.

아덴이 기억을 더듬는 듯한 기색을 보이자 이슈인은 싱긋 웃으면서 한 손으로 얼굴의 절반을 가렸다.

"아!"

그 모습을 보자 머릿속에 선명히 떠오르는 한 인물이 있었다. 자신이 이곳 전장으로 올 때 공화국으로 아르시안 공주를 구하러 갔던 인물, 사이몬.

"사이몬!"

"그렇습니다. 제가 사이몬입니다."

"그럴 수가……."

아덴은 믿을 수가 없다는 얼굴로 이슈인을 쳐다보았다. 어찌 이런 일이 있을 수 있단 말인가.

"그러면 기억은?"

"물론 찾았습니다. 이슈인의 기억도, 사이몬의 기억도. 모두 완전한 하나가 되어 한 명의 인간으로 이곳에 온 것입니다."

이슈인의 자신만만한 말에 아덴은 다행이라는 얼굴로 고개를 끄덕였다.

"정말 잘됐군요. 정말 다행입니다."

"감사합니다."

두 사람은 마주 보고 빙긋 웃었다.

그리고 오른손을 굳게 맞잡으며 악수를 나눴다.

"그럼 전장에서 승운이 깃들기를……."

인사를 나눈 두 사람은 각자의 막사로 헤어졌다.

이슈인의 부관으로 지명 받은 세컨 나이트가 이슈인에게 따라붙어 안내를 했다. 그는 라이더가 아닌 일반 장교였다.

CHAPTER 7
반격의 시작

날이 밝았다.

대륙력 2057년 10월 21일의 아침.

벨런시아 공화국을 향한 메틀라인 왕국의 반격이 시작되는 날이다.

라이더들은 각기 자신의 기간테스에 올라 마나 엔진을 가동했다. 운용 시간은 정해져 있다. 운용 시간 내에 최대한 몰아쳐서 전선을 확보해야 한다.

라이더들의 얼굴에는 자신감이 가득했다.

그들은 믿음직한 동료와 함께 싸운다.

아덴은 자신의 작전 지역으로 포탈로 이동해 역시나 마나 엔진을 가동하고 기다리고 있었다.

현재 시각은 08시 50분. 이제 10분 남았다.

이슈인이 있는 작전 지역 역시 마찬가지였다.

단지 다른 것이 있다면 오직 이슈인만이 아직 마나 엔진을 가동하지 않았다는 것이다. 아니, 레퀴엠을 소환조차 하지 않고 있었다.

라이더들의 얼굴에 언뜻 긴장이 어렸다.

믿고 있는 이의 기간테스가 아직 모습을 드러내지 않은 까닭이다.

─괜찮은가?

'물론.'

아스카론의 물음에 이슈인은 빙긋 웃으며 답했다. 그의 얼굴에는 자신감이 가득했다.

─오랜만의 전장이로군.

'오랜만이라… 전에 겪은 적이 있어?'

─있지, 처절한. 모두가 쓰러져 가는 곳에서 홀로 도망친.

이슈인은 아스카론이 씁쓸해하는 것을 느낄 수 있었다. 그런 감정이라니.

'이번에는 다를 거야.'

─이슈인, 넌 무엇 때문에 전장에서 싸우려는 거지?

막 레퀴엠을 소환하려는 찰나 의외의 물음에 이슈인은 말문이 막혔다.

무엇 때문에.

왜.

그런 생각을 한 적이 없기 때문이다.

다른 의문은 필요없었다.

자신은 군인이었고 적은 자신의 왕국에 쳐들어왔으니까.

그것이 전부다.

'글쎄.'

부족하기만 한 짧은 대답. 지금 이슈인이 할 수 있는 것은 그 정도였다.

"레퀴엠 소환."

이슈인의 소환에 아스카론이 빛났다. 그리고 공간이 어그러지며 레퀴엠이 그 당당한 모습을 드러냈다.

왕국군에서는 처음 보이는 모습.

다크 실버의 장갑이 사방으로 은은한 빛을 뿌렸다. 모두가 그 모습을 멍하니 바라보았다.

결코 크기 않은 기체였건만 사방으로 뿌리는 그 위압감은 다른 기간테스와는 확실히 달랐다.

철커덩 소리를 내며 열리는 콕피트로 이슈인은 가볍게 몸을 날렸다.

소울 슬롯에 아스카론을 꽂아 넣었다.

'잘 부탁한다고.'

―걱정 마라.

소울 슬롯에 아스카론이 정확히 장착되는 순간, 레퀴엠의 두 눈이 빛났다.

우우웅.

묵직한 마나 엔진음이 레퀴엠에게서 울리기 시작했다.

"좋아. 그럼 가볼까?"

그 말을 하는 순간 등 뒤에서 강렬한 주홍빛이 사방으로 터져 나왔다.

"으윽."

멍하니 레퀴엠을 바라보던 사람들은 갑작스러운 섬광에 다들 눈을 찡그렸다. 그리고 잠시 후 시력을 회복했을 때 모두들 자신의 눈을 의심했다.

활짝 펼쳐져 있었다.

날개가 기간테스의 등에 돋아나 있었다.

주홍빛으로 넘실거리며 당장에라도 힘차게 움직일 것만 같은 날개가 하늘로 뻗어 있었다.

"저게 이카루스란 말이군."

이카루스에 흥미를 느껴 일부러 이곳으로 온 크로아 사단장은 감탄한 얼굴로 중얼거렸다. 확실히 바톤 윙과는 전혀 달랐다.

사람들이 놀란 정신을 채 추스르기도 전에 이카루스가 너울거리는 듯했다,

레퀴엠의 발이 바닥에서 떨어졌다.

그리고 힘차게 하늘을 향해 비상했다.

푸른 하늘에 찍히는 주홍빛 날개의 궤적은 그야말로 신비로웠다.

2057년 10월 21일 09시 정각.

레퀴엠이 이카루스를 펼치며 레술트의 하늘로 날아올랐다.

그 시각.

아덴 역시 바톤 윙을 펼치고 하늘로 날아올랐다.

이카루스는 빨랐다. 높이 그리고 빠르게 날았다.

순식간이다.

땅 위로 적들의 전방 진지가 보였다.

5분도 채 되지 않은 시간, 이슈인은 적들의 바로 머리 위에 도착해서 아래를 오연히 내려다보고 있었다.

까마득한 하늘 위의 점.

그것이 레퀴엠이다.

태양 빛과는 또 다른 빛을 사방에 뿌리며 허공에 서 있었다.

랩터2 윙의 등장 이후 공화국군은 하늘로의 경계도 강화한 상태다. 하지만 육안으로 볼 수 있는 거리의 한계를 벗어난 곳에 레퀴엠이 있었기에 아무도 그를 발견하지 못했다.

단지 멀리서 피어오르는 먼지 구름을 발견했을 뿐이다.

"멀리서 기간테스의 이동으로 보이는 먼지 구름이 보인다. 보고해!"

망루에서 경계병의 큰 소리가 울렸다.

공화국 측의 진영이 소란스러워지기 시작했다.

"흠. 그럼 아군이 오기 전에 뒤집어 볼까?"

레퀴엠이 오른손을 뻗었고 공간이 일그러지며 검이 나타났다.

"간다."

레퀴엠이 머리를 아래로 향한 채 그대로 쏜살같이 날아 내리기 시작했다.

쿠아아아아아앙!!!

공기를 찢는 파공음이 대기를 울렸다. 강렬한 바람이 레퀴엠을 중심으로 몰아치기 시작했다.

점점 더 땅 위의 구조물들과 적들의 기간테스가 커지기 시작했다.

그제야 공화국군은 하늘에서 울리는 소리에 하늘을 보았다.

그리고 그들은 보았다. 점점 더 커지는 주홍빛의 빛무리를.

"저, 적이다!!!"

"랩터2 윙? 아, 아니다. 신기종이다. 하늘에서 적습이다!"

놀란 목소리에 공화국의 진영은 혼란에 휩싸였다.

하늘에서의 공격.

그것은 가히 공포였다.

공화국군은 랩터2 윙의 그림자만 땅에 비쳐도 꽁지 빠져라 도망치기 바빴기에 하늘에서 또 다른 기간테스가 나타났다는 말에 극심한 패닉에 빠졌다.

쾅!

레퀴엠의 검격과 함께 날아간 검풍이 땅을 울렸다.

사방에서 도망가느라 난리가 났다.

그 와중에 레퀴엠은 몸을 뒤집어 땅에 내려섰다.

쿠아앙!

하강 에너지가 그대로 실린 착지였다.

"크윽."

─그대로 착륙하다니. 너무 무모하다. 관절 및 구동부 손상률 35%다. 기동 가능 수준으로 회복까지 7분 23초 걸린다.

레퀴엠에게 전해진 충격은 고스란히 이슈인에게도 전해졌다. 기체 전체에 전해진 충격이었기에 이슈인의 몸으로도 고스란히 충격이 전해진 것이다.

착지의 폭발력이 어마어마했다.

적의 진영 한가운데 레퀴엠을 중심으로 한 거대한 구덩이가 파였다. 주변에 있던 기간테스는 이리저리 휩쓸려 날았다.

"우아악!"

많은 병사들이 비명을 지르며 도망치기 바빴다.

"빌어먹을. 아직도 움직일 수가 없군."

이슈인은 얼굴을 찡그리며 중얼거렸다. 아스카론이 무모하다고 한 말이 충분히 이해가 되었다.

"앞으로는 시작하기 전에 부탁해."

―설마, 이렇게 무식할 줄은 몰랐다.

돌아오는 대답이 이슈인이 얼굴을 더욱 찡그리게 만들었다. 레퀴엠은 아무런 움직임이 없었다.

낙하의 충격에서 아직 벗어나지 못한 것이다. 그제야 몇몇 자이안이 이상을 알아채고 조심스레 구덩이 아래로 내려왔다.

"그렇지? 그 높이에서 떨어지다시피 내려왔는데 멀쩡할 수 없겠지?"

한 라이더가 그렇게 중얼거리며 천천히 다가갔다. 이미 등 뒤에서 이글거리던 주홍빛도 사라지고 없었다.

한 기, 한 기 늘어났다.

"후우, 앞으로는 연구를 좀 해야겠어."

자신을 향해 다가오는 자이안들을 보며 이슈인이 낮게 중얼거렸다.

사실 이것이 이카루스를 이용한 첫 전투나 다름없었다. 리퍼블릭에서는 탈출을 주목적으로 했었으니까.

레퀴엠이 미동도 하지 않는데도 자이안들은 조심스러웠다. 그것은 그동안 아덴이 랩터2 윙으로 심어준 공포 덕이었다.

"저놈 완전히 침묵한 것 같은데?"

한 명의 중얼거림이 통신을 타고 흘렀다.

"좋아. 내가 간다."

레퀴엠을 둘러싸고 있던 일곱 기의 자이안 중 한 기가 앞으로 성큼성큼 걸어갔다.

"빌어먹을. 얼마나 남았어?"

이슈인은 이제 막 충격에서 회복을 한 상태다.

―1분 8초 남았다.

"후. 아직 많이 남았군. 현재 움직일 수 있는 부분은?"

―양팔 정도는 가능하다.

"불행 중 다행이로군."

양팔이라도 움직일 수 있다면 적들을 견제할 수 있다. 어떻게든 1분의 시간을 버텨야 했다.

그러기 위해서는 적들이 방심을 해주는 것이 이슈인으로서는 편했다. 그랬기에 레퀴엠을 향해 다가오는 자이안을 보면서도 오히려 움직이지 않았다. 방심하고 다가오는 적을 일격에 끝내기 위해서였다. 레퀴엠의 오른손에 검은 여전히 쥐어진 채로였다.

"흠. 이 정도로 접근했는데 미동도 안 한다는 것은 완전한 침묵이라는 것이겠지?"

다가가는 자이안의 보폭이 점점 커졌다.

철컹. 철컹.

긴장이 감도는 가운데 한 기의 자이안이 레퀴엠과 마주 보고 섰다.

"분명 신예 기종이야. 정보에 전혀 없는 디자인이니. 하지만 라이더의 능력 부족이로군. 그런 낙하라니. 훗."

자이안의 라이더는 비릿한 웃음을 머금었다. 침묵 상태라 하나 완전히 끝장을 내야 했다. 낙하의 충격으로 라이더가 죽었을지도 모르지만 그것은 추측일 뿐이다. 자신의 손으로 확실히 끝내고 싶었다. 그리고 적들의 최신예 기종인만큼 최대한 원형을 유지해야겠다는 여유로운 생각까지 했다. 그것은 곧 자신의 공로가 되기에.

방패를 살짝 옆으로 치우며 검을 치켜들었다.

검끝은 정확히 레퀴엠의 콕피트를 향하고 있었다.

"후후후. 이렇게 어이없는 마지막이라니 네 녀석도 우습겠군."

마지막으로 적을 비웃는 여유.

그 한마디를 하는 순간.

서걱.

섬뜩한 절삭음이 귀로 들렸다. 그리고 이어서 화끈한 느낌이 온몸으로 번진다.

무언가 이상하다는 생각을 하며 그는 검을 뻗어 적에게 최후를 주려고 했다.

하지만 자이안은 움직이지 않았다.

움직임 대신 온몸이 옆으로 기울었다.

쿠앙.

상반신과 하반신이 분리된 자이안이 쓰러졌다.

"아슬아슬했어."

이마의 땀을 닦으며 이슈인이 중얼거렸다. 오직 한순간을 노렸고 선공했다.

만약 적들이 신중함을 벌이고 돌격해 왔다면 위험했을 것이다.

—15초 남았다.

"좋아."

이슈인의 입가에 미소가 감돌았다.

15초면 충분히 버틸 수 있었다.

"저 녀석 어떻게 된 거야?"

갑작스러운 일격에 레퀴엠을 감싸고 있던 자이안의 라이더들이 동요했다.

"에잇. 몰라. 이판사판이다!"

그중 한 기가 검을 치켜들고 레퀴엠을 향해 쇄도했다. 움직임이 무척이나 날렵하고 빠른 것이 숙련된 라이더인 듯했다.

"안 돼! 돌아와!"

레퀴엠을 둘러 싼 소대의 소대장이 통신을 통해 외쳤다. 하지만 쇄도하는 자이안은 멈추지 않았다.

"낭패인걸."

그 속도에 이슈인은 마른침을 삼켰다.

―8초 남았다.

"시간이 이렇게 느리게 흘렀나?"

움직임의 제한이 풀리기 전에 적의 검이 콕피트에 꽂힐 것만 같았다.

레퀴엠의 팔이 움직이며 검을 추켜세웠다.

일단 최대한의 노력은 해야 했다.

"이야아아아아아!"

공포를 물리치기 위함인가. 쇄도하는 자이안의 라이더는 괴성을 지르며 검을 휘둘렀다.

강렬한 검격이 날아들었다.

'하반신의 버팀 없이 막을 수 있을지 모르겠군.'

이슈인은 이를 악물고 검을 쥔 손에 힘을 줬다.

―3초 남았다.

'젠장. 시간아, 빨리 좀 가라.'

챙!

쿵!

기간테스의 검과 검이 부딪치는 소리가 울린다 싶은 순간 둔중한 충격음이 울렸다.

'크윽.'

이슈인은 등에서 찌르르 울리는 충격에 이를 악물었다. 아까의 충격에 연이어 전해진 충격에 신음이 입술을 비집고 흘렀다.

"우, 우와아아아!"

적의 신에 기종이 쓰러져 있고 자신들의 자이안이 서 있다.

공화국 병사들의 입에서 믿을 수 없다는 함성이 조금씩 터져 나오기 시작했다.

"헉헉헉."

레퀴엠을 쓰러뜨린 자이안의 라이더는 거친 숨을 몰아쉬었다.

"내가 무슨 짓을 한 거지?"

눈앞에 보이는 광경에도 그는 자신이 무엇을 했는지 알지 못하겠다는 얼굴이었다.

—복구 완료. 현재 레퀴엠 전체 손상률은 4.6%. 운용 가능하다. 한계 성능은 최적 상태의 92%다.

아스카론의 말이 뇌리에 울렸다.

"아. 내가 쓰러뜨렸어. 쓰러뜨렸다구. 크하하하하."

자이안의 라이더는 그제야 상황을 인식하고 큰 소리로 웃음을 터뜨렸다.

"컥."

그러나 웃음은 오래 이어지지 못했다.

"뭐, 뭐야 이건……."

그는 힘겹게 아래를 바라보았다.

거대한 검이 자이안의 복부에 박혀 있었다. 스코프를 통해 보인 자이안의 상황. 그의 시선이 아래로 향했다. 스코프를 통해 보는 것이 아니라 육안으로 직접 콕피트의 내부를 살폈다.

없었다.

무릎 아래로 아무것도 없었다. 단지 붉은 피가 흐르고 있는 은빛 금속이 보인다.

말할 것도 없다.

적의 검이다.

"빌어먹을……."

통증이 온몸을 비집는다 싶은 순간 적의 검은 사라졌다.

다시 그의 시선이 스코프를 향했다.

어느새 일어나 바짝 다가온 적의 기간테스가 오른손에 검을 들고 있다.

"우아아아아!!"

요란한 외침이 울려 퍼진다. 하지만 그것은 공허한 외침이다.

레퀴엠의 검이 비스듬히 그의 자이안을 갈랐다.

그리고 걸음을 옮겼다.

철컹. 철컹.

레퀴엠의 걸음 소리가 울린다.

쿠앙.

두 동강 난 자이안이 바닥에 쓰러지는 소리는 그 이후에 울렸다.

"이제부터 본편 시작이야."

이슈인이 두 눈을 빛내며 말했다.

"젠장. 잘못 판단한 건가?"

소대장은 뒤늦게 후회했으나 어쩔 수 없었다.

"전원 돌격!"

너무 신중한 소대장 덕에 그들은 일생일대의 기회를 놓쳤다.

사방에서 자이안이 달려드는 순간 레퀴엠의 움직임이 빨라졌다. 정면에서 오는 자이안을 향해 레퀴엠은 빠른 속도로 쇄도했다.

이어진 강렬한 참격.

방패와 함께 자이안의 왼팔을 잘라 버렸다.

허공에 우아한 곡선을 그린 검은 재차 자이안을 쓸어왔다.

쿠앙.

잘린 팔이 떨어지는 소리가 울리는 순간 레퀴엠의 검은 마주한 자이안의 허리를 갈랐다.

그리고는 곧장 몸을 돌리며 사방으로 검을 찌른다.

적의 뒤를 노리던 자이안 두 기가 속절없이 레퀴엠의 찌르기에 온몸을 노출했다.

"크악!"

비명이 콕피트를 울렸다.

레퀴엠의 움직임에는 거침이 없었다.

다시 땅을 박차며 내달렸다. 그 끝에는 우왕좌왕하는 자이안이 있었다.

레퀴엠이 그 자이안을 지나치는 순간 검이 자이안을 갈랐다. 결과를 보지도 않고 재빠르게 방향을 틀었다.

"젠장. 저런 괴물이 어디서 나타난 거야!"

홀로 남은 소대장은 비명을 지르며 레퀴엠을 향해 달려들었다. 부하들이 모두 죽었다. 어찌 물러설 수 있겠는가. 자신에게 남은 것은 죽음뿐이라는 것을 알면서도 소대장은 이를 악물고 레퀴엠에게 달려들었다.

푸욱.

한 번의 뻗음.

그것은 정확히 자이안의 콕피트를 꿰뚫었고, 그것으로 자이안은 침묵 상태에 빠졌다.

"후우……."

이슈인은 한숨을 쉬었다.

온몸의 마나가 다 빠져나간 듯한 느낌이다.

일방적인 공격이었음에도 온몸으로 피로가 몰려왔다.

"이게 출력 3.83의 기간테스란 말이지……."

전력으로 전투에서 움직인 것은 이번이 처음이다. 마나 엔진에서 몸으로 전해지는 부하가 적지 않다.

"솔직히 힘들어."

―아직 마이스터가 되려면 멀었다.

그때 들려온 아스카론의 말.

그것은 이슈인이 잊고 있던 것을 떠올리게 해주었다.

"그래, 마이스터라고 했지… 후우, 마이스터라. 대체 그건
뭐야?"

그렇게 중얼거리며 이슈인은 힐끔 전방을 바라보았다.

자신이 일곱 기의 자이안을 쓸어버리는 순간 이미 공화국
군은 후퇴하기에 바빴다. 이곳이 최전방 진영이었기에 배치
된 자이안은 고작 열다섯 기. 그중 절반이 단 한 기의 적에게
완파당했다.

멀리 보이던 먼지 구름이 점점 다가옴에 따라 그들은 뒤도
돌아보지 않고 후퇴했다.

09시 13분.

작전 시작 후 고작 13분 만의 승리였다.

승전보는 산맥 쪽의 전선에서도 들렸다. 그곳 역시 작전 시
작 45분 만에 적의 진영을 점령했다.

바톤 윙을 조작하는데 이미 익숙해진 아덴의 적절한 공중
공격이 효과를 발휘했음은 말할 필요도 없었다.

2057년 10월 21일 10시.

왕궁에서 회의가 시작되었다. 의제는 물론 레퀴엠이라는

신예 기간테스에 대한 것이다.

하이드론 공작의 요청으로 이루어진 회의다.

그의 둘째 아들과 둘째 아들의 호위로 따라 나선 기사가 목격했다는 기간테스. 그것에 대한 청문회나 다름없는 자리였기에 주공격 대상은 당연히 이안 차관이었다. 누가 뭐라고 하든 그는 분명 바첼러 가의 장남이었기에.

하이드론 공작은 무척이나 공격적으로 나왔다. 하지만 이안은 침착하게 그의 공격을 받아넘겼다.

숨겨야 할 것은 숨겨야 하지만 밝힐 것은 충분히 밝혔다. 결국은 왕국의 전력이 상승한 것인데 굳이 죄인처럼 변명하기에 급급할 이유가 없는 것이다.

"그러니까 내 아들이 본 기간테스는 이미 몇 년 전부터 극비리에 왕국에서 개발 중이던 기종이라 그것이오?"

"그렇습니다, 공작님. 프라이비트 기체로 극비리에 신형 마나 엔진의 탑재를 전제로 개발 중이던 기종입니다."

"그러면 라이더가 바첼러가의 차남인 이유는 무엇이지요? 우리 왕국에 우수한 라이더는 많습니다."

의도가 고스란히 보이는 질문이다.

그리고 이안의 약점이 될 수도 있는 질문이었다. 이슈인의 능력이 형편없었다면, 단지 아스카론의 주인이기에 레퀴엠에 오른 것이라면 진땀나게 하는 질문일 터나 이슈인의 능력은 뛰어났다. 왕국의 그 어떤 라이더보다도 뛰어난 능력을 가진

이가 바로 이슈인이었다.

"지금 자료를 나눠 드리겠습니다. 그것은 이슈인 써드 나이트가 메테나이져에서 신형 기종인 랩터2의 테스트 라이더를 할 때의 기록입니다. 그곳에서는 기종의 테스트도 했지만 라이더에 대한 기록 역시 남깁니다. 그리고 최종적으로 내린 평가는 스페셜 급 라이더 그 이상이라는 것입니다."

회의에 참석한 귀족들은 꼼꼼히 자신에게 놓인 서류를 살폈다. 라이더의 능력을 평가하는 기준을 모르는 귀족들에게는 그저 의미없는 숫자의 나열일 뿐이다. 하지만 알고 있는 귀족들에게는 경이 그 자체였다.

그곳에 기록된 숫자들은 그들에게 경이와 기적을 보여주고 있었다.

"이것이 진짜 가능하다고 하는 것이오?"

하이드론 공작은 후자에 속하는 귀족이다. 그런 만큼 그는 그 숫자를 믿을 수가 없었다.

"저는 모릅니다. 단지 메테나이져로부터 받은 것을 그대로 전해 드렸을 뿐입니다."

이안은 당당하게 말했다.

하이드론 공작의 얼굴이 점차 빨갛게 변했다.

"흐음. 놀랍군……."

"이럴 수가!"

곳곳에서 감탄이 터져 나왔다.

그만큼 그때의 이슈인의 기록은 대단했다.

"그리고 다음 장에는 바첼러 백작가에서 한 테스트의 결과입니다."

휘릭.

사방에서 서류를 넘기는 소리가 울렸다.

"오오!"

더 큰 탄성이 곳곳에서 터져 나왔다.

역시나 놀라운 수치가 적혀 있는 까닭이다.

"흥. 자신의 집에서 한 테스트를 어찌 믿는단 말이오?"

이번에도 역시 하이드론 공작은 코웃음까지 치면서 결과를 부정했다.

"바첼러 백작가는 기간테스에 자부심을 가진 곳입니다. 이런 것을 조작할 정도로 명예를 모르는 곳이 아니지요."

이안은 여유로운 미소를 지으며 하이드론 공작의 공격에 응수했다.

하이드론 공작의 이마에 주름이 하나둘 늘어나기 시작했다.

"제가 듣기로 그 기체는 놀라운 능력을 보이면서 하늘을 날았다고 합니다. 바톤 윙과는 비교할 수도 없었다고 하더군요. 바톤 윙이 완성된 것이 불과 얼마 전입니다. 그러면 대체 그것은 무엇입니까?"

귀족파의 귀족 중 한 명이 의문을 제시했다. 이미 미리 하이드론 공작에게 지시를 받은 자였다.

"유물입니다."

이안은 이미 미리 의논해 놓은 대로 담담하게 말했다.

아스카론의 능력에 의해 만들어진 것이었으므로 유물이라
는 말도 딱히 틀린 것은 아니었다. 단지 모든 것을 명확하게
밝히지 않은 것일 뿐이다.

"유물?"

"대체……."

"허어……."

곳곳에서 알 수 없다는 반응이 나왔다.

이안은 여유로운 얼굴로 그런 반응을 가만히 지켜보았다.

"좀 더 정확한 설명이 필요할 것 같습니다."

라파엘 후작이 이 자리의 모든 귀족들의 의견을 반영하는
질문을 던졌다.

"바첼러 백작가에서는 기간테스 연구에 매진하는 한편 고
대 던전에 대한 탐사 역시 지속적으로 진행했습니다. 그리고
1년쯤 전에 한 가지 유물을 얻었지요. 던전 안에 부수적으로
있던 책자들과 함께 말입니다. 많은 연구 끝에 그것이 바톤
윙의 발전형의 장비라는 것을 알아냈습니다. 그리고 그것은
착탈이 가능한 것이 아니라 영구적으로 한 기의 기간테스에
장착해야 한다는 것도요."

"으음……."

사람들은 이안의 설명에 집중했다.

"많은 시행착오와 연구를 진행했습니다만… 그것을 사용하게 하는 것이 한계였습니다."

그 말이 의미하는 것은 간단했다.

생산이나 제작은 불가능하다.

너무나도 단순명료했다.

"으음……."

그 뜻을 알았기에 곳곳에서 안타까움의 신음 소리가 새어 나왔다.

'헛소리. 지난 몇 년 동안이나 바첼러 백작가를 감시해 왔다. 하지만 그런 낌새는 전혀 없었어.'

하이드론 공작이 이를 악물었다.

자신은 저 말이 거짓이라는 것을 알고 있다. 하지만 밝힐 수가 없었다. 그러려면 자신이 그동안 바첼러 백작가를 감시했다는 것 또한 밝혀야 한다.

자칫하면 가문 간의 전쟁도 일어날 수 있는 민감한 문제였다.

"홍. 그 말을 고스란히 믿을 수 없소. 전투 중 이슈인 써드 나이트는 무단으로 군을 이탈했소. 그리고 다시 나타났을 때는 아르시안 공주 구출대의 일원이었지요. 그것도 사이몬이라는 가명으로 말이오. 그것은 대체 어찌 된 일이오? 그리고 그런 그가 갑자기 레퀴엠이라는 신형 기체를 소환했으니 대체 그사이 무슨 일이 있었던 것이오? 그것부터 명확하게 말해야 할 것이오."

하이드론 공작은 공격의 고삐를 늦추지 않았다. 그리고 그가 지금 지적한 부분은 이안에게 있어서 귀족들을 납득시키기 가장 어려운 부분이었다.

"전투 중 이탈이 아닙니다. 정확히 실종입니다."

"흥. 실종이라면 복귀 후 제대로 보고가 올라와야 하지 않소!"

하이드론 공작은 물러서지 않았다. 이안의 표정에서 이 부분이 약점임을 알아차렸기 때문이다.

"그건 짐이 설명하지."

그때 엠피엘 국왕이 끼어들었다.

사람들의 시선이 국왕을 향했다.

"짐의 은밀한 명령 때문이었네. 바첼러 백작가에서 발견한 유물은 불완전했어. 가동에 중요한 마나석이 하나 빠져 있었지. 그래서 다시 한 번 그 던전을 조사할 필요가 있었지. 그래서 실종되었던 그가 복귀했을 때 그 사실을 숨기고 은밀히 그곳으로 보냈네. 가명을 사용한 것도 그 때문이고."

국왕이 친히 나서서 말하자 아무도 반박하지 못했다. 분명 어딘가 허점이 있는 해명이었다.

하지만 조사할 방도가 없었다.

'이익. 국왕까지 가담했다 이건가?'

맞물린 어금니가 뿌드득 소리가 날 것만 같았다.

"그러면 아르시안 공주를 구출해 내고 귀환하는 배 위에서의 실종은 무엇 때문입니까?"

"그것은 그때 입수한 아티팩트의 오작동 때문입니다."

이안이 대답했다.

"이슈인 써드의 말을 빌리자면 일회용 공간이동 아티팩트였던 것 같습니다. 갑작스러운 공간이동 후 소멸했다고 하니까요. 그래서 다시 복귀하는데 시간이 걸렸고, 그때 그는 형편없는 몰골이었지요. 갑작스러운 공간 이동 때문에 아무것도 가지지 못한 채 검 한 자루를 차고는 어디인지도 모르는 곳에 내동댕이쳐졌으니까요. 다행이라면 우리 왕국의 영토였다는 겁니다."

이안의 설명에 다들 고개를 끄덕였다.

무언가 허점이 보이는 설명 같기는 했지만 아귀는 대강 맞아떨어진 탓이다. 국왕까지 직접 나서서 설명했다.

공화국과의 전쟁 때문에 가뜩이나 국왕의 힘이 강해진 때다. 괜히 나서서 미운 털이 박힐 이유는 없었다.

하지만 하이드론 공작만은 납득할 수 없었다. 상대의 말이 거짓이라는 것을 알고 있기에 순순히 물러설 수 없었다.

"믿을 수 없습니다. 본인은 그 이슈인 써드 나이트의 출석을 요구합니다."

이안과 엠피엘 국왕, 그리고 클레딘 군단장이 예상했던 요구가 드디어 나왔다. 하지만 이곳에 이슈인은 없었다. 이미 전방에 배치되어 전투를 치르고 있을 때다.

그때 시종장이 조심스레 종이 한 장을 가지고 들어와 국왕에게 공손히 바쳤다.

"이슈인 써드라면 오늘 0시를 기해 써드 룩으로 진급함과 동시에 레술트 방어선에 배치되었습니다. 전방에서 한창 전투 중인 그를 소환할 수는 없습니다."

국방부 차관의 직책이었기에 이안이 직접 말했다.

하이드론 공작의 꽉 쥔 주먹에 힘이 들어가 부들부들 떨렸다. 뻔히 보이는 수작인 때문이다.

'그래서 오늘까지 회의를 늦췄단 말이지?'

저들은 철저히 오늘을 준비했다.

"그리고 전장에서 소식이 들어왔군."

엠피엘 국왕이 건네받은 종이를 읽어본 후 말했다.

"09시에 시행된 작전에서 멋지게 적들의 진영을 확보했다고 하는군. 동쪽의 아덴 써드 룩과 서쪽의 이슈인 써드 룩의 활약 덕이라고 하는군. 작전이 끝나기까지 채 한 시간이 걸리지 않았으니까 말이야. 이렇게 전장에서 분투하는 용사를 굳이 회의 때문에 소환해야 할까 싶군. 어찌 됐든 덕분에 우리 왕국의 전력은 상승했는데 대체 무엇을 밝히려 하는지 의문이야."

그 말로 모든 것은 끝났다.

왕국의 전력은 상승했다.

그것은 부정할 수 없는 사실이었고 결국은 모두 왕국의 이익으로 끝이 난 일이다. 조금 전 전해진 승전보로 그 근거는 충분했다.

하이드론 공작은 고개를 떨구고 회의장을 벗어났다.

CHAPTER 8
거침없는 진격

　　메틀라인 왕국군은 거침이 없이 북쪽으로 북쪽으로 올라
갔다.

　　레술트 지역 동쪽과 서쪽 양쪽에서 아덴과 이슈인이 끌어
올리면서 전선은 점점 북쪽으로 올라가고 있었다.

　　그야말로 씽끌이였다.

　　사흘간의 진격으로 레술트 지역을 완전히 벗어났다.

　　동쪽으로 이어진 로어 그랜져 산맥을 친구 삼아 이슈인은
북으로 북으로 올라갔다.

　　그리고 후방의 진영을 다지기 위해 하루의 휴식을 가지기
로 했다.

"후우… 정신없이 몰아쳤군."

이슈인은 진영을 꾸리는 병사들을 보며 담담히 중얼거렸다.

"우리 군의 병사들은 힘든 줄도 모를 거예요. 그야말로 얼마만의 반격인지 알 수도 없으니까요."

어느새 찾아왔을까?

아덴이 이슈인의 곁에 서 있었다.

"그랬나요?"

"디스토션의 등장 이후 단 한 번도 변변히 이겨보지 못했으니까요. 우리 군의 피해의 7할은 디스토션으로 인한 것일 정도니까요."

이슈인 그 말에 고개를 끄덕였다.

"그리고 보니 아직 제스터가 나타나지 않았네요."

그 말을 하는 와중에 이슈인의 두 눈은 투지로 빛났다.

정선에서의 도망.

결코 있을 수 없는 일이다. 물론 그 덕에 아크를 만나 더욱 강해졌지만, 그것은 별개의 문제다.

이슈인은 그때 진정으로 죽음의 공포를 느꼈었다.

그 후 아크에게 제스터가 어떤 꼴을 당했는지 이슈인은 몰랐다.

"이 정도까지 밀어 올렸으니 곧 나타나겠죠. 단지 어느 쪽으로 나타나느냐가 문제지요."

"전선의 폭으로 봤을 때 아직은 어느 쪽이든 상관없지 않을까요?"

그랬다.

이카루스든 바톤 윙이든 양쪽에서 날아가면 어느 쪽이든 한 시간 이내에 지원이 가능했다.

"이제 공중전에는 익숙해졌나요?"

아덴의 물음에 이슈인은 고개를 끄덕였다.

"첫 전투에서 말도 안 되는 실수를 했어요."

이슈인은 쓴웃음을 지었다.

낙하할 때의 충격을 제대로 계산하지 못해 잠시간의 행동 불능에 빠졌던 그 아찔한 상황은 결코 잊을 수 없었다.

"저는 사실 조금 아쉽습니다."

"네?"

이슈인이 그게 무슨 말이냐는 듯 아덴에게 되물었다.

"지상에 있는 적들을 공격하기 위해 일일이 날아내렸다가 다시 올라가는 과정에서의 마나 소모가 너무 심해요. 덕분에 바톤 윙의 유지 시간 소모가 상당히 심해요."

아덴의 말에 이슈인은 고개를 끄덕였다.

확실히 그랬다.

자신은 아스카론 덕에 전혀 걱정할 문제는 아니었지만 말이다.

"공중에서 직접 지상을 공격할 방법이 없을까? 그것이 고민이에요."

"있겠죠. 투석기처럼 돌을 집어 던진다든지 하는 방법이요. 낙하하는 힘까지 더해지면 그야말로 굉장한 파괴력을 보일 것 같아요."

이슈인의 말에 아덴은 고개를 저었다.

"정확도가 너무 떨어져요. 정확하게 던질 수 있는 위치는 높이가 낮아서 위력이 떨어지고, 충분한 위력을 발휘할 수 있는 곳은 너무 높아서 정확도가 떨어지죠."

아덴도 충분히 연구해본 방법이었기에 당장에 부정적인 말을 꺼냈다.

이슈인의 이마에 주름이 생겼다.

방법만 찾아 낸다면 왕국군의 전력이 더욱 상승할 듯했다.

"공성전에나 쓸 법한 방법 밖에 안 되는군요."

"공화국의 영토에 들어가면 바위만 떨어 뜨려야 하는 거 아닌지 모르겠군요. 훗."

두 사람은 마주 보고 웃었다.

그날 밤.

이슈인은 바첼러 백작가에 마법 통신을 보냈다.

낮에 아덴과 나눈 대화를 이레아가에게 전했다. 그녀라면 어떤 방법이 있을 듯했기 때문이다.

"흐음. 그렇단 말이지. 그러면 나보다는 아스카론이 잘 알고 있지 않을까? 어차피 마도 시대에도 이카루스가 사용되었다면 그 시대에도 그만한 전술이 있었을 테니까."

이레아의 말에 그제야 이슈인은 아스카론을 떠올렸다.

"들었지, 아스카론? 어때?"

―모른다.

짤막한 대답.

"그럴 리가 없잖아."

―방법은 있다. 하지만 가르쳐 줄 수 없다.

"내가 마이스터가 아니라?"

―그렇다.

"후우… 도무지 기준을 알 수가 없군."

그랬다.

도움 요청에 가장 많은 거절의 이유는 아스카론의 주인인 이슈인이 마이스터가 아니라는 것이다. 하지만 비슷한 수준의 요청을 들어줄 때도 있다. 마이스터가 아니기에 할 수 있는 것과 없는 것의 차이, 그 기준을 도무지 알 수 없었다.

―기준은 나다.

"쳇."

그 대답에 이슈인은 어이없다는 표정을 지었다.

―마도 시대에 하늘을 나는 기간테스는 특별할 것이 없는 일상이었다. 지금처럼 마음 놓고 아무렇게나 하늘을 나는 것이 오히려 이상할 지경이지.

"그렇다면 결국 공중의 적을 상대하느라 지상의 적을 공격할 여유가 없었다는 거야?"

—거의 그렇다. 하지만 지상에는 그저 가끔 투창을 던지는 정도가 전부였다.

아스카론은 짤막하게 답했다.

사실 마도 시대의 마법 병기는 상당히 다양했고 위력도 엄청났다. 단지 아스카론이 가르쳐 주지 않을 뿐이다.

이슈인은 아스카론과의 대화 내용을 이레아에게 전했다.

"흐음. 고작 그 정도일 리가 없어. 이카루스만 하더라도 엄청나다구."

이레아는 이슈인이 가진 사흘 간의 휴가 중 직접 본 레퀴엠의 엄청난 위력을 떠올리며 말했다.

"하지만 투창이라… 몇 가지 장치를 하면 어쩌면 쓸 만한 게 나올지는 모르겠지만, 상당한 제약이 있을 거야."

"제약?"

"그래."

이레아가 고개를 끄덕이며 말하는 것이 수정 구슬을 통해 보였다.

"그게 뭐지?"

"오빠도 알지? 기간테스의 이공간 이동 마법진은 중량과 부피에 따라 달라진다는 것."

"물론이지."

그 정도는 아카데미의 라이더 과정에서 배우는 내용들이다. 이슈인은 그 부분에서 독보적인 수석이었다.

"아, 그렇군."

곧 이슈인은 스스로 그 이유를 깨달았다.

"투창을 추가적으로 장착하게 되면 마법진에 제한된 중량이나 부피를 초과할 수 있구나."

"그래. 어느 정도 여유를 두고 마법진을 그리긴 하지만 기간테스 용 무기라는 것을 생각하면 어떻게 수를 내도 대여섯 자루가 한계야."

"어떻게 하지?"

"일단 시험 삼아서 만들어서 보낼게. 레퀴엠에 여섯 자루, 랩터2 윙에 여섯 자루."

"가능해?"

"어차피 둘 모두 우리가 만든 거야. 여기서 만든 후에 종속 작업을 해도 돼. 어떤 마법진이 쓰였는지는 다 기록되어 있으니까. 단지 레퀴엠은 잘 모르겠지만 그건 아스카론이 해결하겠지? 훗. 그럼 고생해, 몸조심하고."

마지막 이레아의 인사에는 오빠를 향한 걱정이 가득했다.

"그래, 너도."

그렇게 두 사람의 마법 통신은 끝났다.

이제는 이레아가 어떤 무기를 만들어서 보낼지 기다리면 된다.

그렇게 하루의 휴식은 빨리 지나갔다.

＊　　　＊　　　＊

쾅!

책상을 내려치는 소리가 요란하다.

리퍼블릭의 자신의 저택에 자리한 제스터의 책상이다.

"빌어먹을."

제스터는 낮게 중얼거렸다.

하늘을 나는 기간테스에게 당한 후 대책이 설 때까지 일단은 복귀해서 상황을 지켜보라는 명령에 이곳에 있었다. 제스터는 그게 불만이었다.

자신은 전장에서 빛나는 라이더다. 이런 곳에서 대책이나 기다리고 있는 것은 성미에 맞지 않았다.

그사이 전장에서 들려오는 소식은 제스터를 더욱 안절부절못하게 했다. 당장에라도 전장으로 달려가고 싶었다. 바톤 윙이라는 것을 장비한 랩터2와의 전투에서 패한 것은 이미 잊은 지 오래였다.

"언제까지 이렇게 기다려야 하냔 말이야!"

스스로의 화를 못 이긴 듯 버럭 소리를 질렀다. 그리고 도저히 더 이상은 못 참겠다는 듯 방을 박차고 나갔다. 곧장 마차가 준비된 곳으로 걸음을 옮겼다.

집사가 허겁지겁 따라붙었다.

"어디를 가시려는 겁니까?"

"통령 각하를 만나봐야겠어."

현재 자신의 대기 상태를 풀어줄 가장 큰 권력자, 박스터 통령. 그와 직접 담판을 짓겠다는 결심을 한 터다.

공화국 제일의 영웅 제스터의 마차를 막을 인물은 공화국에는 없었다.

통령궁의 경비병들도 경례를 붙이며 제스터의 마차를 통과시켰다.

제스터가 박스터 통령의 집무실을 찾았을 때 그는 마침 엥겔스와 대면하고 있었다.

던전 조사의 보고를 받고 있던 차엿다.

"통령 각하, 제스터 장군께서 오셨습니다."

박스터의 시선이 엥겔스를 향했다.

"어차피 그도 알아야 하는 일입니다. 그는 더 이상 최전방의 선봉장이 아닌 공화국군의 총사령관을 맡아야 하는 인물입니다."

엥겔스의 말에 박스터는 고개를 끄덕였다.

제스터는 타고난 용장이며 전장에서 날뛰는 것을 좋아하는 이였다. 그랬기에 지금까지는 그의 희망대로 최전선에 배치를 했었다.

하지만 더 이상은 그럴 수 없었다.

속속들이 들어오는 패전의 소식이 그렇게 만들었다.

이제는 병사들을 하나로 묶을 수 있는 카리스마 있는 사령관이 필요했다. 그것이 바로 제스터였다.

"들어오라고 해."

박스터의 허락과 함께 거칠게 문이 열리며 제스터가 들어왔다.

"엥겔스 재상께서도 계셨군요."

"어서 오게, 이리 앉게."

박스터가 맞은편의 자리를 권했다.

"실례하겠습니다."

"어쩐 일인가?"

"언제까지 이곳에 있어야 합니까? 이제 전장으로 보내주십시오."

제스터의 강력한 요구에 박스터는 엥겔스를 쳐다보았다.

"흐음… 곤란한 요청입니다."

"왜 그러는 겁니까?"

"아시다시피 디스토션은 출력 3.0의 기간테스입니다. 불의 마탑에 엄청난 대가를 주고 구입한 기종이지요. 오직 한 기만 있기에 반파 이상의 손상을 당하는 날이면 그 손해가 막심합니다. 지난 전투에서 직접 적과 전투를 치르지 않은 것은 잘한 겁니다. 만약 부딪친다면 아무리 디스토션이라도 견뎌낼 재간이 없어 보이더군요. 공중에서의 공격은 말입니다."

엥겔스의 말에 제스터는 입술을 깨물었다. 그의 말이 맞았
다. 아무리 생각해도 공중에서 떨어지듯 내려오는 적의 공격
을 막아낼 방도가 떠오르지 않았다.

파워라는 것은 질량과 가속도에 비례한다.

그 엄청난 질량 덩어리가 공중에서 빠르게 낙하하면서 내
지르는 일격은 그야말로 무시무시했다.

"하지만 지금 전장의 상황은 연일 밀리고 있습니다."

제스터가 지지 않겠다는 듯 말했다.

그 말에 박스터와 엥겔스 두 사람의 얼굴이 딱딱하게 굳었
다. 그들도 충분히 인지하고 있는 사실이다.

"그게 고민입니다. 후우."

엥겔스가 긴 한숨을 쉬었다.

"시간을 더 끌어야 해. 시간만 더 끌 수 있다면 우리도 대
책이 나오니까 말이야."

"네? 대책이라니요?"

박스터의 말에 제스터가 물었다.

"얼마 전 큰 지진이 있었던 것은 알고 있겠지?"

"셸 산맥의 지진 말입니까?"

"그래. 그 때문에 지형이 상당히 변했지. 그 덕에 우리는
던전을 발견했어. 그곳에 엥겔스 재상이 다녀왔는데 놀라운
것이 있었다고 하더군."

"그게 뭡니까?"

"일단 이카루스의 설계도가 발견되었다고 하더군."

담담한 박스터의 말에 제스터는 두 눈을 치켜떴다. 지금 자신들의 골머리를 앓게 만드는 이카루스의 설계도를 입수했다니 그 말은 곧 더 이상 적을 두려워하지 않아도 된다는 말이나 다름없었다.

"대단한 일이군요."

제스터의 목소리가 가늘게 떨려 나왔다.

"마도 시대 언어의 해석을 위한 자료도 모두 있더군. 대체 어떤 마법사인지 참으로 고마운 존재야. 해석에 3주 정도 걸리고 그 후 생산에는 대략 한 달 정도 걸릴 거라더군."

박스터의 설명에 제스터가 입을 열었다.

"그러면 두 달을 버텨야 한다는 말씀입니까?"

제스터의 물음에 엥겔스가 고개를 끄덕였다.

"하면 라이더는 어떻게 합니까? 메틀라인 측도 라이더 양성에 애를 먹고 있어서 아직까지도 전장에 배치된 바톤 윙이라는 것은 고작 한 기뿐입니다. 그 이카루스라는 병기까지 해서 비행이 가능한 기간테스는 고작 두 기죠."

제스터의 물음에 엥겔스의 눈동자에 언뜻 고뇌의 빛이 스쳤다.

"그것을 해결할 방안도 그곳에서 발견했습니다."

"대단하군요. 참으로 놀라운 일입니다."

제스터의 목소리는 격앙되어 있었다.

"문제는 그 두 달이라는 시간이지. 지금 같은 전황이라면 힘들어."

"제가 가겠습니다. 보내주십시오."

박스터의 말에 제스터가 외쳤다.

그런 요청에 박스터의 시선은 엥겔스를 향했다.

"이곳을 보십시오."

엥겔스가 테이블 위에 지도를 펼쳤다.

"저들은 동쪽에는 랩터2 윙이라는 기체를, 서쪽에는 레퀴엠이라는 기체를 배치했습니다. 두 기를 선봉으로 양쪽에서 끌어올리듯 전선을 북쪽으로 밀고 올라오는 것이지요."

엥겔스의 설명에 제스터는 고개를 끄덕였다. 전장의 상황이라면 그도 매일 보고를 받고 있다. 그 때문에 이곳까지 박차고 온 것이 아니던가.

"결국 저들의 약점은 이곳 가운데입니다."

엥겔스가 지도의 한 곳을 짚었다.

"하지만 저들의 비행 속도면 금세 도달할 텐데요."

제스터가 자신의 의문을 던졌다.

"물론 일반 육상 병력과 기간테스라면 그렇습니다. 오히려 양쪽에서 협공을 당할 수도 있지요."

"그렇다면 어찌한다는 겁니까?"

"랩터2 윙이라는 기체가 처음 등장한 때를 기억하십니까? 우리 공화국으로서는 대륙의 비난을 들을 것을 감수하고 비공정을 전장에 배치했습니다."

그 말에 제스터는 그때의 기억이 떠오르는지 얼굴을 찡그렸다.

"분명 그랬죠. 첫 출격에 너무 처참히 당해서 그 이후로는 비공정을 사용하지 않고 있지요."

"비공정을 개량했습니다. 다른 것은 놔두고 속도면을 집중적으로 보강했지요. 아직 적들의 비행 기체에 비해서는 느립니다만… 그래도 지상군에 폭격을 가하고 적들이 오기 전에 후퇴할 수 있을 정도의 속도입니다."

엥겔스의 설명에 제스터가 두 눈을 반짝였다.

그 역시 전장을 숱하게 헤쳐온 몸. 그 말에서 머릿속에 저절로 작전이 그려졌다.

"결국 치고 빠지기를 계속한다는 거군요."

"그렇습니다. 우리의 목적은 치고 빠지기니까요."

엥겔스가 미소를 지으며 말했다.

"하지만 비공정 규약은 괜찮은 겁니까?"

"비공정을 첫 전투에 투입하기 전에 이미 모두 손을 써놨습니다. 설마 대륙 동부의 국가들이 이 전쟁에 끼어들지는 않을 테니까요."

"알겠습니다. 그러면 어떻게든 시간을 끌겠습니다."

제스터가 자리를 박차고 일어나면서 말했다.

"조건이 있네."

당장에라도 방을 벗어나려는 그를 박스터가 한마디로 붙잡았다.

"뭡니까?"

"자네가 전장으로 돌아갈 때 자네는 공화국군의 총사령관이야."

"그것은……."

제스터는 대답을 주저했다.

당장에라도 최선봉에서 적의 전략 기체를 거꾸러뜨려야 속이 시원할 것만 같았다.

"싫으면 저택에서 대기하게. 우리 측의 이카루스가 완성된 후 그것을 디스토션에 장착하고 나가면 되는 문제야."

제스터로서는 두 달이나 기다릴 수 없었다.

"알겠습니다."

입술을 질끈 깨문 그는 박스터의 제의를 수락했다.

"좋아."

박스터가 미소를 지으며 자리에서 일어났다.

"우리 공화국의 병사들을 잘 부탁하네."

두 사람은 서로의 손을 굳게 맞잡았다.

공화정 혁명 이후의 다시 새로운 역사를 열기 위한 다짐이다.

*   *   *

북쪽으로의 진격은 순조로웠다.

왕국의 영토에서 서서히 공화국군을 몰아내고 있었다.

"이 상태면 곧 아이노 강이 보이겠어."

크로아 사단장은 미소를 지으며 중얼거렸다.

지금 하늘을 날아 전장으로 떠나는 레퀴엠의 모습이 그렇게 믿음직스러울 수가 없었다.

이슈인은 하늘을 날면서 아래를 보았다.

높은 곳에서 내려다보는 경치는 너무나 아름다웠다.

"하늘을 난다는 것은 정말로 기분 좋은 일이야."

이슈인의 입가에 미소가 감돌았다. 전투를 치르러 가는 라이더의 모습이 아니었다.

"언젠가 이 전쟁이 끝나고 평화로워지면 아르시안과 함께 여유롭게 날아야겠어……."

이슈인은 작은 소망을 작게 중얼거렸다.

─마이스터가 되면 쉬운 일이다.

요즘 들어 아스카론은 더욱 마이스터에 대한 내용을 이슈인에게 상기시켰다.

"알았어, 알았다구."

이슈인이 투덜거리듯 아스카론에게 말했다.

그사이 레퀴엠이 적 진영의 상공에 위치했다.

"흐음. 어서 투창의 위력을 시험해 봐야 하는데 아직 완성

품이 도착하지를 않으니."

이슈인이 아쉽다는 듯 중얼거렸다.

"뭐, 그럼 저곳도 쓸어볼까?"

앞으로 20분 뒤 제1연대가 도착할 것이다. 그전에 충분히 휘저어줘야 한다.

콰아아아앙!

공기를 가르는 파공음을 내며 레퀴엠이 빠른 속도로 날아 내렸다. 이제 공중에서의 운용에도 어느 정도 익숙해져 있었 다. 첫 전투와 같은 어이없는 실수는 이제 없었다.

주홍빛 날개가 푸른 하늘에서 빛났다.

"적, 적이다!"

"레퀴엠이다!!!"

지상의 인간이 주먹만 하게 보일 고도까지 내려오자 공화 국 진영은 난리가 났다.

몇 기의 자이안과 데세랄이 모여 방패를 하늘을 향해 치켜 들었다.

공중에서 찍어내리는 첫 일격.

어떻게든 그것을 막아야 했다.

지금까지 단 한 번도 성공하지 못했지만 어떻게든 시도는 해야 했다. 레퀴엠과 랩터2 윙과의 전투가 계속될수록 공화 국군 기간테스의 방패는 더 두껍고 튼튼하게 변했다.

"훗. 하늘만 막는다고 능사가 아니야."

그 모습에 이슈인은 한 조각 미소를 베어 물었다. 지난번 전투에서 떠올리고 아직 안 해본 방법을 이번에 시도해야겠다 생각했다.

적들이 저렇게 머리 위를 경계하는 모습을 보이는 까닭이다.

지상을 향해 곧게 내려오던 레퀴엠의 비행 궤도가 바뀌었다. 약 45도 정도로 각도를 틀며 비스듬히 내려오는가 싶더니 진영을 멀리 벗어나는 듯했다.

그 모습에 공화국 병사들은 안도의 한숨을 내쉬었다. 그 찰나 레퀴엠은 곡선을 그리며 비행 방향을 틀었다. 그리고 지면과 예각을 이루며 점점 지상으로 내려왔다.

진영에서 상당히 먼 거리까지 갔다가 궤도를 틀었기에 공화국의 병사들이 경계 태세를 풀려고 할 때쯤 다시 레퀴엠이 모습을 드러냈다.

"끄아악! 다시 돌아왔다!"

공화국 진영에서 병사들의 비명이 터져 나왔다.

주홍빛의 날개는 그야말로 악마의 날개처럼 보였다.

레퀴엠의 속도는 가공할 정도로 빨랐다. 이카루스는 레퀴엠의 비행을 완벽하게 제어하고 있었다.

레퀴엠이 공화국군의 진영에 도착했을 때 레퀴엠의 가슴과 지상과의 거리는 불과 5미터에 불과했다.

그 상태로 레퀴엠은 검을 뽑아 들었다.

"크윽. 정면이다!"

놀란 자이안이 재빠르게 방패를 앞으로 내리려 했다. 하지만 한데 뭉쳐서 방패를 하늘로 향하고 있던 상태였다. 흡사 거북이 등껍질 같은 모양을 만든 것이다.

그 상태에서는 동료가 방해가 되어 방패를 앞으로 내릴 수가 없었다.

겨우 두 기의 데세랄이 방패를 내린 찰나.

하늘에서 비스듬히 날아내려 온 속도를 실은 레퀴엠의 검이 그들을 꿰뚫었다.

콰아아아아아앙!

요란한 충돌음이 울리며 순식간에 다섯 기의 기간테스가 사방으로 날아갔다.

세 기의 데세랄과 두 기의 자이안이다.

그 다섯 기는 바로 행동 불능 상태에 빠졌다. 그 속도 그대로 레퀴엠은 궤도를 틀어 다시 하늘 위로 날아올랐다.

"나쁘지 않은 방법이야."

공중에 오연히 서서 아래를 내려다보며 이슈인이 중얼거렸다.

지금까지 단 한 번도 지상에 착륙하지 않았다. 지상에 착륙했다가 다시 날아오르는 것에 비해 마나의 소모가 확실히 2할 정도 줄었다.

"돌아가면 아덴 경에게도 이야기해 주어야겠군."

그렇게 중얼거린 이슈인은 다시 적의 진영으로 고속으로 날아들었다.

"휘유, 엄청난걸?"

"그렇지?"

이레아는 이올린의 놀람에 그녀를 쳐다보았다. 기간테스가 던질 투창이기에 그 크기는 대단했다.

"그래도 문제야. 일단 크기는 최소한 기간테스의 신장 정도는 되어야 하는데, 그러자니 부피와 중량이 너무 늘어나. 이래서는 한 기에 장착할 수 있는 것은 네 자루가 한계일 거야."

"적어도 랩터2 리빌드는 그렇겠네. 레퀴엠은 모르겠지만."

이올린이 고개를 끄덕이며 말했다.

"보조 마법진은 모두 넣은 거야?"

"응. 보조 마법이라고 해봤자, 충격이 전해질 때 터지는 익스플로젼(Explosion)이랑 속도를 높여주는 헤이스트(Haste)가 전부인걸."

"흐음. 목표 고정은 어렵겠지?"

"아무래도 그러면 이것저것 손이 많이 가니까. 상공에서 지상의 목표를 고정하는 거라면 기간테스의 스코프를 좀 손봐야 할 것 같아."

이레아의 말에 이올린은 고개를 끄덕였다.

"흐음. 목표를 고정해놓고 쫓아가게 하면 좋을 텐데⋯⋯."

"마나석이 문제지."

이레아의 말에 이올린은 수긍의 빛을 띠었다. 그 정도까지 보조 마법을 사용하려면 투창 하나, 하나에 마나석이 들어가야 했으니 그 비용이 어마어마했다. 단지 한 번 던지고 끝나는 소모품성 무기이기에 그렇게 많은 비용을 쓸 수는 없었다.

"그래도 일단 시제품은 완성한 거 아니야?"

이올린이 빙긋 웃으며 말했다.

"응."

이레아는 눈앞에 놓인 열 자루의 투창을 보면서 고개를 끄덕였다.

"일단 한 기당 네 자루가 한계일 테지만 레퀴엠은 혹시 몰라서 두 자루 더 만들었어."

"그럼 어서 보내줘야지?"

"포털로 보내기에는 크기가 너무 크고 양도 많지?"

"그럼?"

"오빠보고 오라고 해야지."

"아. 이슈인을 부르려고?"

"별수없잖아."

"아덴 경은?"

"역시 같이 불러야 하려나⋯⋯."

"어차피 두 사람의 기체에 동기화를 시켜야 하니 이곳으로 오라고 해야지."

"응."

그날 밤. 이슈인은 이레아에게서 연락을 받고 아덴을 찾아갔다. 크로아 사단장의 허락을 얻은 후 두 사람은 바첼러 백작가를 찾았다.

전력의 핵인 두 사람이 전선에서 잠시라도 이탈한다는 것은 상당한 위험을 감수하는 결정이었으나 새로운 전략 무기의 개발이라는 목적 때문에 과감한 결단을 내린 것이다.

"어서 와."

포탈 앞에서 이레아와 이올린이 기다리고 있었다.

"오랜만이에요, 아덴 경."

이올린의 인사에 아덴은 허리를 숙이며 인사를 했다. 그는 분명 바첼러 백작가의 가신이었다.

"시간이 얼마 없어. 우리는 오늘 바로 복귀해야 하니까 빨리 가자."

이슈인의 재촉에 네 사람은 곧장 지하로 내려갔다.

이레아의 안내에 따라 간 곳에는 길이가 7미터 정도 되는 거대한 창이 가지런히 세워져 있었다.

"엄청나군."

"그래. 무게도 부피도 제법 돼."

이슈인의 감탄에 이레아가 고개를 끄덕이며 말했다.

"이런 것을 공중에서 던진다면 그 파괴력은 말할 필요도 없겠군요."

아덴은 놀랍다는 얼굴로 투창을 바라보며 말했다.

"자, 그럼 동기화 작업을 해야 하니까 어서 기간테스를 소환해 주세요."

이레아가 재촉하자 이슈인과 아덴은 각자의 기간테스를 소환했다.

두 기의 기간테스가 그 위용을 드러내며 자리했다.

"자, 그럼 서두르자구요!"

이레아의 외침에 대기하고 있던 연구원들과 기술자들이 빠르게 움직였다.

"오빠는 아스카론에게 맡겨야 하지?"

"그렇지."

이레아의 말에 이슈인이 고개를 끄덕이며 대답했다.

"아스카론, 나는 몇 개나 종속시킬 수 있지?"

―모두 다.

"아스카론이 뭐라고 해?"

"모두 다 가능하다고 하네."

이슈인의 대답에 이레아는 고개를 끄덕였다.

"역시나. 그렇지 않을까 했어. 그럼 일단 랩터2 윙의 동기화 작업을 먼저 끝내고 남는 것을 모두 레퀴엠에게 할당해야 하겠네."

이레아의 예측대로 랩터2 윙에는 딱 네 자루의 투창이 동기화가 가능했다. 정말 아슬아슬하게 한계치를 남기고 동기화가 되었다.

"남은 거 여섯 자루는 그럼 전부 내가 가져가야 하나?"

이슈인은 투창을 힐끗 보고는 레퀴엠의 콕피트에 몸을 날렸다. 소울 슬롯에 아스카론을 꽂아 넣자 레퀴엠의 두 눈이 빛났다.

철컹. 철컹.

투창이 놓인 곳으로 걸어간 레퀴엠이 그중 한 자루를 잡았다.

"아스카론, 이것을 레퀴엠의 무기로 하는 거야. 알겠지?"

―간단하다.

아스카론의 대답과 함께 레퀴엠의 오른쪽 팔과 투창이 함께 은은한 빛을 뿌리더니 곧 투창이 사라졌다.

"이렇게 간단해?"

랩터2 윙의 동기화 작업이 상당히 복잡하게 이루어지는 것을 보았기에 이슈인은 허탈하기까지 했다. 설마 이렇게 쉽게 종속시켜 버릴 줄이야.

여섯 자루 모두를 동기화 하는데 걸린 시간은 지극히 짧았다.

금세 동기화를 마치고 이슈인은 레퀴엠의 소환을 해제했다.

"원래 기간테스에 종속된 무기들은 기간테스를 소환 해제할 때 자동으로 아공간으로 사라지게 되어 있어. 하지만 투창 같은 경우는 한 번 사용하면 아마 그 파괴력에 투창 자체도 망가질 거야. 그러면 기간테스와 연결하는 동기화 마법진 자체가 파괴되어서 어차피 역소환은 불가능해져."

이레아의 말에 이슈인과 아덴 두 사람 모두 고개를 끄덕였다. 기간테스에 대한 지식이 전문가 못지 않은 두 사람이었기에 쉬이 이해했다.

"그래서 차라리 그 파괴력을 극대화하자는 생각에 일정 이상의 충격을 받으면 익스플로젼 마법이 발동되어서 투창 자체가 폭발하도록 한 거야."

"그게 더 위력적이겠네."

이슈인이 좋은 방법이라 생각하며 말했다.

"그렇지? 문제는 명중률이야. 아직 개선 방법은 더 연구해 봐야 할 것 같아."

이레아는 그것과 함께 투창에 관한 여러 가지 설명을 더했다.

그날 밤늦게 이슈인와 아덴은 전장으로 복귀했다.

다행히 그사이 적의 야습은 없었다.

로어 그랜져 산맥 사이로 찬란한 햇빛이 땅을 비추기 시작했다.

새로운 하루의 아침.

매일매일 새로운 하루가 시작되는 가운데 메틀라인 왕국군의 진격은 새로울 것 없이 똑같은 방법으로 시작되려 하고 있었다. 지금까지와 다른 것이 있다면 레퀴엠과 랩터2 윙에 각기 여섯 자루와 네 자루의 투창을 장비했다는 것이다.

투창을 실전에 시험해 보는 첫 전투이기도 했다.

작전 본부 막사에서 크로아 군단장에게 작전 목표와 작전 시간에 대한 명령을 하달받고 이슈인과 아덴은 각자의 기간테스에 탑승했다.

"자, 그럼 오늘도 시원하게 날아볼까?"

레퀴엠의 콕피트에 오르는 이슈인의 등 뒤로 동료들의 격려가 잇따랐다.

이슈인과 레퀴엠 덕에 메틀라인 왕국군은 지금 같은 쾌속의 진격을 할 수 있었다.

레퀴엠이 주홍빛 날개를 펼치며 하늘로 날아올랐다. 그 모습을 바라보는 왕국군 병사들의 눈에는 믿음이 가득했다.

"자, 우리도 출발한다! 각자 위치로!"

제1기갑연대 연대장의 명령이 사방으로 퍼졌다.

라이더들은 각자의 말에 올라 말허리를 박찼다. 말 울음 소리와 뒤이어진 말발굽 소리가 땅을 울렸다. 기병대의 호위를 받으며 기갑연대의 라이더들이 전진했다. 그 뒤로 전장의 정리를 위한 보병들이 뒤를 따랐다.

오늘 하루의 전투도 이렇게 시작되었다.

*   *   *

"척후로부터 보고는?"

"출격 준비로 바쁘다고 합니다."

제스터는 보고에 고개를 끄덕였다. 오늘 또 하나의 진영이 사라질 것이다. 그것은 어쩔 수 없었다.

"이번에도 변함없이 같은 작전으로 나오겠군."

"그렇습니다."

제스터의 얼굴에 주름이 생겼다. 불쾌한 감정이 역력히 드러나는 표정이다.

"계속해서 승리하고 있다지만 그렇다고 매번 똑같은 형태의 공격이라니. 우리가 너무 무시당하고 있는걸."

"죄송합니다."

제스터의 말에 부관이 자세를 굳히며 큰 소리로 말했다.

"아니, 아니야. 뭐, 내가 그 입장이라도 그 방법을 썼을 테니까. 필승의 전술이 있는데 굳이 다른 방법을 쓸 이유가 없지. 알지만 기분이 나쁘단 말이야."

앞에 놓인 물을 들이켜 속에서 끓어오르는 열을 식힌 제스터가 부하들을 돌아보며 말했다.

"솔직히 적의 공격을 막을 방도는 없어. 그래도 최대한 시간을 끌어야 한다. 지금 본국에서는 엥겔스 재상과 그 휘하 마법사들이 전력을 다해 방법을 찾고 있는 중이다."

제스터의 말에 작전 회의에 참석한 장군들의 얼굴에 일말의 희망이 떠올랐다. 엥겔스라면 어떻게든 해줄 것이란 믿음이 있었다.

"우리는 그 시간을 벌기 위한 작전을 펼친다. 공격받게 되는 진영은 이곳과 이곳이지? 두 곳은 버린다."

그 말에 장군들의 얼굴이 어두워졌다.

"대신 우리는 이곳을 친다."

제스터가 가리킨 곳은 쌍끌이로 올라오는 양 공격 축 사이의 방어선이었다.

"공격에는 내가 배치되면서 함께 배치된 비공정을 이용한다. 오늘부로 비공정 부대는 정식 공화국 공군이라는 명칭으로 부르도록 한다."

"네."

우렁찬 대답이 나왔다.

"지금 공군은 즉각 출격하여 이곳의 방어선에 약 10분간의 폭격을 가한 후 그대로 후퇴해 온다. 그 이상의 시간을 끌 경우 적들의 기체에게 격추당할 위험이 커. 알겠나?"

"네."

"그럼 즉각 시행한다."

"저… 두 진영에는 작전을 전하지 않습니까?"

한 명이 의문을 표시했다.

"그 두 곳은 최대한 적의 발목을 잡아줘야 해."

냉정한 한마디. 결국 두 곳의 병사들을 버리겠다는 뜻이다. 회의에 참석한 장군들의 얼굴에 어둠이 내렸다.

"그리고 나는 소형 비공정 하나를 준비해 줘."

제스터가 회의 막사를 벗어나며 부관에게 말했다.

총사령관으로 이곳에 왔다.

하지만 적이 온다는 것을 알고 가만히 있을 수는 없었다.

자신의 디스토션으로도 그 녀석들을 상대할 수 있다는 것을 보여주고 싶었다.

"전장으로 가시려는 겁니까?"

수도에서 함께 온 부관이었다. 그는 박스터 통령에게 따로 언질을 받은 것이 있기에 제스터의 명령에도 불구하고 소극적으로 움직였다.

"네가 어떤 명령을 받고 왔는지는 알지만 이번만큼은 내 명령을 따라라. 이번이 처음이자 마지막이니까."

단 한 번도 싸우지 않고 본진에서 가만히 있는 것은 성미에 안 맞았다. 한 번이라도 직접 맞부딪쳐 싸우고 싶었다.

공화국군의 메틀라인 공격군 본진에서 여섯 기의 비공정이 날아올랐다. 다섯 기와 한 기가 각기 다른 방향으로 비행을 시작했다.

                    *   *   *

이슈인으로서는 공화국 측의 그런 움직임을 알 방도가 없었다. 그저 빠르게 목표를 향해 날아갈 뿐.

이대로의 속도라면 적의 본진을 완전히 왕국의 땅에서 몰아내는데 사흘 정도 더 걸릴 것 같았다. 그 이후는 공화국으로의 반격이다.

적의 영토를 침범할 때는 그 정도의 각오가 필요한 법.

레퀴엠은 빠르게 날았다.

불과 5분도 되지 않아 적 진영의 상공에 도착할 수 있었다.

레퀴엠이 오른손을 뻗자 투창이 소환되어 쥐었다.

"드디어 첫 사용이란 말이지?"

자신이 낸 아이디어였기에 기대가 되기도 했다.

"과연 위력은 어느 정도일까?"

이슈인은 아래를 내려다보았다.

구름 사이로 넓게 펼쳐진 땅이 보인다. 그 위에 펼쳐진 적의 진영도 보였으나 진영 전체가 엄지손톱 정도로 밖에 안 보인다.

"일단 조금 내려가야겠어."

어느 정도 하강을 하자 적의 진영이 손바닥 크기로 보였다.

공화국 진영의 움직임이 바빠졌다. 레퀴엠을 발견한 것이다. 이카루스의 주홍빛 날개는 적이 찾기 쉬운 목표였다. 특히나 밤에는 너무나 선명히 보이기에 야습은 거의 불가능할 정도였다.

"그래도 상관없지."

레퀴엠이 창을 머리 위로 치켜들었다.

"어려워."

진영을 내려다보는 이슈인은 안력을 집중했다. 마나를 눈에 집중하면 먼 거리도 잘 보인다. 이슈인이 마나를 끌어올렸다. 그레이트 서클을 따라 마나가 돌기 시작했다. 그렇게 몸안을 도는 마나가 눈으로 모여들었다.

자세히 보였다.

손바닥만 한 공간이었으나 그 공간에서 병사의 얼굴 하나하나까지 확실히 들어왔다.

"생각보다 더 쓸모가 있을지도 모르겠어."

작게 중얼거린 이슈인이 정신을 집중했다. 무언가를 던져서 맞추는 것에는 아직 익숙하지 않은 탓이다. 본신으로도 익숙하지 않은 것을 기간테스를 움직여 하려면 더욱 높은 집중력이 필요했다.

공중에 떠 있는 채로 레퀴엠의 오른쪽 어깨와 가슴이 뒤로 젖혀졌다. 그리고 온몸의 회전을 실어 힘껏 창을 아래로 던졌다.

일단 목표는 적 진영의 한가운데였다.

쐐에에에엥.

레퀴엠이 날아 내릴 때의 요란한 파공음과는 다른 대기를 가르는 높고 날카로운 소리와 함께 창이 날아갔다.

7미터의 길이를 가진 창이라 하지만 지상에서는 그것의 정체를 알아차리기 어려웠다.

그저 언제 레퀴엠이 떨어져 내릴 것인가 긴장 어린 눈으로 지켜보고 있었다.

"응? 저건 뭐지?"

데세랄의 라이더 한 사람이 하늘에서 떨어지는 무언가를

보았다. 그리고 보았다고 느낀 순간,

콰쾅!

요란한 소리가 진영에 울리고 강렬한 충격과 동시에 일어
난 폭발이 진영의 가운데를 휩쓸었다. 위력은 엄청났다.

거대한 구덩이가 파이며 투창이 폭발한 곳을 중심으로 반
경 10미터 정도의 공간이 초토화되었다.

이슈인의 눈에 그 결과가 똑똑히 보였다.

"생각보다 더 대단하군."

이슈인의 입가에 미소가 떠올랐다.

그와 반대로 공화국 진영은 혼란에 빠졌다. 하늘에서 무언
가가 떨어졌다. 그리고 강렬한 폭발과 함께 진영을 휘저었다.
그 폭발에 휘말려 데세랄 두 기가 반파에 가까운 피해를 입고
행동불능 상태에 빠졌다.

다른 곳에서 이슈인과 같은 감탄을 내뱉는 이가 있었다. 바
로 아덴이다.

그 역시 한 자루의 투창을 시험 삼아 던져 보고 그 놀라운
위력에 감탄을 금치 못했다. 능력의 차이로 이슈인처럼 원하
는 목표에 정확히 타격하지는 못했지만 아덴이 던진 것으로
도 적에게 충분한 피해를 입혔다.

"놀랍군. 이미 이것만으로도 충분히 파괴적인 병기야."

아덴은 자신이 만든 결과물을 보며 떨리는 목소리로 중얼
거린 후 두 번째 투창을 손에 쥐었다.

먼 거리에서 이슈인의 뒤를 쫓던 라이더들은 적의 진영에서 갑자기 일어나는 폭발에 더욱 박차를 가했다.

"서둘러라! 제때에 맞춰서 쓸어야 한다!"

두두두두두.

말발굽 소리가 대지를 울린다.

그때 이슈인은 두 번째 투창을 던졌다.

콰콰쾅!

다시 한 번 커다란 폭발이 일어났다.

"이렇게만 하면 너무 쉬울 수도 있겠는데?"

너무나 강력한 위력에 이슈인은 입맛을 다셨다. 이쪽의 피해 없이 적을 쓰러뜨릴 수만 있다면 더 없이 좋지만 그래도 무언가 허전했다.

그때 라이더들이 전장에 도착했다.

아직 적의 진영까지 3킬로미터 정도 떨어진 지역이지만 이곳에서부터는 기간테스로 접근해야 한다.

"전원 기간테스를 소환한다!"

연대장의 명령에 모두 말에서 내려 자신의 기간테스를 소환했다.

곳곳의 공간이 이그러지며 철거인들이 대지에 그 위용을 드러냈다.

소환이 끝나자마자 모두 콕피트에 올라 마나 엔진의 기동을 시작했다. 딜레이 타임이 끝날 때까지 모두들 전방을 주시

하면서 기다렸다.

그때 세 기의 자이안이 달려들었다.

속수무책으로 당하느니 한 기의 기간테스라도 파괴하자는 마음에서 구성한 별동대였다.

진영에 있는 기간테스라고는 고작해야 열다섯 기였기에 겨우 세 기를 별동대로 돌린 것이다.

"젠장. 저놈들이!"

지금까지와는 다른 적들의 대응에 연대장은 입술을 깨물었다.

"저놈들은 하필이면 내가 선두에 있을 때 달려드는 거야. 빌어먹을."

바일론에 탑승한 라이어가 인상을 찡그리며 중얼거렸다. 아직 딜레이 타임은 2분 가까이 남아 있었다.

"웅?"

그 모습이 이슈인의 눈에 잡혔다. 마나를 눈에 집중해 안력을 극대화하고 있기에 발견한 것이다..

이슈인은 세 번째 투창을 소환했다.

레퀴엠의 상체가 뒤로 한껏 젖혀졌다가 앞으로 튕겨 나가면서 창을 던졌다.

쐐애애앵.

공기를 가르며 창이 날았다.

전력으로 메틀라인 기갑연대를 향해 달리던 자이안 세 기는 하늘에서 들리는 공기를 가르는 소리에 시선을 돌렸다.

"뭐, 뭐야? 저건!"

콰앙!

발견했을 때는 이미 늦었다.

세 기 중 가운데 있는 기체에 정확히 투창이 명중하면 강렬한 폭발이 일어났다.

"으아아악!"

라이더들의 비명이 콕피트에 울렸다. 투창에 명중한 한 기는 산산조각이 났고 양옆에서 폭발에 휘말린 두 기는 완파에 가까운 타격을 입으며 행동불능 상태에 빠졌다.

"이, 이건 대체 뭐야?"

라이어는 자신의 1킬로미터 전방에서 벌어진 광경에 멍하니 입을 벌린 채 중얼거렸다. 그곳에서의 폭발의 진동이 바일론의 몸체를 흔들었다.

놀라웠다. 그저 날아다닌다는 것만으로도 엄청난 위력을 발휘하는 레퀴엠이건만 저런 공격 수단이라니.

"이건 사기잖아. 너무 시시하게 쓸어버린다고."

라이어가 푸념 섞인 말을 중얼거렸다.

"사단장님께서 말씀하신 신무기가 저것인가 보군. 이건 놀랍다는 말밖에는……."

그 광경은 연대장도 고스란히 지켜보았다.

엄청나도 너무 엄청났다.

"흠. 그럼 남은 것도 모두 쏟아부어 볼까?"

조금 더 하강을 해서 지상에서도 눈에 쉬이 뜰 정도의 높이에 레퀴엠이 이르자 이슈인은 연속적으로 남은 세 자루의 투창을 모두 던졌다.

콰콰콰콰콰콰쾅!!

연이은 폭발이 상승작용을 일으키며 진영을 휩쓸었다.

공화국의 진영에는 더 이상의 기간테스는 보이지 않았다.

"돌격!"

그 모습에 연대장이 돌격 명령을 내렸다.

전투를 치를 기간테스는 없었지만 일단 적의 진영을 쓸어내야 한다.

왕국군의 기간테스가 적의 진영으로 진입하는 것이 이슈인의 눈에 보였다.

"후우. 그럼 이제 내가 할 일은 끝인가?"

이슈인은 빙긋 웃으며 중얼거렸다.

―이슈인, 등 뒤로 마법이 날아온다. 조심해라.

그때 갑자기 머릿속에 울리는 아스카론의 경고에 이슈인은 황급히 몸을 돌렸다.

눈앞에 시뻘겋게 타오르는 불덩이가 날아들고 있었다.

"쳇. 이건 뭐야."

레퀴엠이 양팔을 교차하며 불덩이를 막았다.

콰앙!

공중에서 요란한 폭음이 터지며 레퀴엠이 뒤로 주욱 밀렸다.

공중에서 터진 폭음에 사람들의 시선은 하늘을 향했고 다들 레퀴엠의 모습에 대경했다.

하늘에 떠 있어 공격할 방법이 없을 것만 같던 레퀴엠이 충격을 받고 저렇게 실 떨어진 연처럼 밀리다니. 비행 기간테스가 실전에 투입되고 처음으로 받는 공격이었다.

"크윽."

이카루스의 주홍빛이 더욱 밝게 빛났다. 그 순간 증가한 추진력으로 레퀴엠은 허공에 멈췄다.

신음을 흘리던 이슈인은 재빨리 지상을 살폈다. 어디에서 날아온 마법인지를 찾아야 했다.

—사일런트와 파이어 버스터의 복합 마법이었다.

사일런트 마법이 입혀져서 근처에 올 때까지 알아차리지 못한 것이다. 이슈인의 신경이 적의 진영으로 집중된 탓도 있었다. 그렇지 않았다면 아무리 조용히 날아와도 이슈인이 느낄 수 있었을 것이다.

"저기다."

이슈인의 시선이 향한 곳.

거대한 기간테스가 하늘을 향해 손을 뻗고 있었다.

"쳇. 역시 역부족인가……."

제스터는 눈을 찡그리며 중얼거렸다.

은폐 마법을 이용해 이곳까지 접근한 후 파이어 버스터를 날렸지만 적은 손쉽게 막아냈다.

보통 때라면 이렇게 쉽게 접근할 수 없었겠지만 적들의 신경이 모두 아군의 진영에 쏠린 덕에 기습을 할 수 있었다.

제스터가 쉬고 있는 동안 엥겔스의 지시로 디스토션은 상당부분의 성능 개선이 있었다. 실전에서의 자료를 토대로 더욱 강하게 만든 것이다.

마법의 위력도 훨씬 강해졌다.

그 덕에 1킬로미터 가까이 떨어져 있는 레퀴엠에게 직접 파이어 버스터를 날릴 수 있었다.

"디스토션이다!"

연대장의 외침이 통신을 통해 모든 기간테스에 전해졌다. 이슈인도 물론이다.

"저 녀석이 디스토션이라고?"

이슈인은 디스토션의 실제 모습을 처음 봤다.

적 정보에 대한 자료에서 디스토션에 대한 개략적인 그림을 보았지만 실제와는 달랐다. 아직 마법 영상으로 된 디스토션의 모습을 보지 못했기에 한 번에 알아차리지 못한 것이다.

"그럼 제스터?"

이슈인의 두 눈이 빛났다.

[저 녀석은 제가 맡겠습니다.]

이슈인이 통신을 통해 연대장에게 말했다.

[알았다. 부탁하네.]

연대장의 대답이 들렸다.

한 기로 한 대대의 지위를 차지하고 있는 이슈인인 이상 연대장도 허락했다. 사실 이 중에서 디스토션을 상대할 수 있는 기체가 레퀴엠을 제외하고는 없다는 것이 가장 큰 이유였다.

레퀴엠이 천천히 디스토션을 향해 날아갔다.

제스터는 적의 접근을 가만히 바라보았다. 그러면서 지금까지 있었던 일을 떠올렸다.

비공정이 전장에서 3킬로미터쯤 떨어진 곳에 도착했을 때, 제스터는 자신의 두 눈으로 믿을 수 없는 광경을 보았다. 공중에서 떨어져 내리는 거대한 창과 그것이 바닥에 부딪쳤을 때 일어났던 엄청난 폭발과 그 위력.

제스터 정도의 실력자이기에 빠른 속도로 날아내린 그것이 거대한 창이라는 것을 알아볼 수 있었던 것이다.

즉시 그 자리에 비공정을 착륙시키고 디스토션을 소환했다. 그리고 은폐 마법을 디스토션 전체에 펼쳐 천천히 접근한 것이다.

그사이 진영은 초토화되다시피 했다.

이 지경까지 밀린 이상 후퇴밖에 남지 않았지만 그럴 수는 없었다. 눈앞에 한 개 연대 규모의 기간테스들이 있었지만 제스터는 과감히 레퀴엠을 공격했다.

일반 기간테스로는 자신이 당하지 않는다는 자신감이 있

기에 할 수 있는 행동이었다.

그사이 레퀴엠이 디스토션과 30미터 정도의 거리를 둔 곳에 도착했다. 레퀴엠의 등 뒤에서 너울거리는 이카루스의 주홍빛이 점차 옅어지는가 싶더니 곧 사라졌다.

쿠웅.

둔중한 소리와 함께 레퀴엠이 땅에 두 발을 딛고 섰다.

"뭐지? 땅에 내려오다니?"

하늘을 날 수 있다면 압도적으로 유리하다. 게다가 그곳에서 투창을 던진다면 도무지 막을 자신이 없었다. 과연 피할 수나 있을까란 생각이 들 정도였다.

이슈인이 이미 소지하고 있는 투창을 모두 사용했다는 것을 알 리 없는 제스터는 그저 상대가 공중에서의 원거리 공격을 하지 않고 땅에서 자신과 마주했다는 사실에 작은 미소를 지었다.

지상전이라면 절대 패하지 않을 자신이 있었다.

[오랜만이네요.]

디스토션의 왼쪽 어깨에 새겨진 붉은 늑대의 문장을 보면서 이슈인이 공용 채널을 통해 디스토션에 통신을 보냈다.

"응?"

갑자기 울린 통신. 아무래도 발신자는 눈앞의 레퀴엠이라는 기체인 것 같았다. 통신에서 들린 목소리는 익숙했다.

'어디에서 들었지?'

제스터는 곰곰이 기억을 더듬었다.

'레퀴엠? 아.'

그제야 떠올랐다, 왼쪽 어깨에 레퀴엠이라는 글자를 새긴 랩터2를 운용하던 라이더가.

어쩐지 적의 최신계 기체의 이름이 레퀴엠이라는 것을 들었을 때 익숙한 말이라는 생각을 했었다.

[네 녀석이었나?]

제스터가 대답했다.

[그렇습니다.]

소속 국가와 적아를 떠나 제스터는 훌륭한 라이더였기에 이슈인은 지난번과 같이 경어를 사용했다.

[훗. 살아 있었군.]

[운이 좋았지요.]

[그럼 그때와 같은 몰골로 오늘도 도망치려는 것인가?]

제스터가 먼저 도발을 했다.

[오늘은 아마 그 반대일 겁니다.]

레퀴엠의 손에 검이 쥐였다.

[글쎄. 가능할까?]

디스토션의 양손에 방패와 검이 들렸다.

두 기가 그렇게 대치했다.

공화국의 진영을 완전히 정리한 메틀라인 왕국군은 그런 두 기의 대치를 가만히 지켜보았다. 감히 그들이 끼어들 수 있는 분위기가 아니었다.

쿠웅.

레퀴엠이 먼저 한 발을 내딛었다 싶은 순간 디스토션의 양 어깨 위에서 화염구가 생성되더니 레퀴엠을 향해 날아왔다.

"저게 디스토션이 사용한다는 마법인가?"

이슈인은 중얼거리며 검을 휘둘러 두 개의 화염구를 소멸 시켰다. 그 순간 디스토션이 강렬한 숄더 차징을 하며 레퀴엠 에게 달려들었다.

"큭."

양팔을 교차하면서 디스토션의 차징을 막았다.

콰앙!

기간테스와 기간테스의 충돌로 요란한 굉음이 울렸다.

"과연. 이런 전법이란 말이지?"

[대단하군. 방패도 없이 디스토션의 차징을 막다니. 그 기 체의 출력도 상당한가 보군.]

제스터의 통신이 귀에 울렸다. 이슈인은 대답하지 않았다. 대신 이를 악물고 검을 휘둘렀다.

기이한 곡선을 그리며 검이 날아갔다.

제스터의 두 눈이 빛났다. 저것이었다. 저 검술. 저것에 얼 마나 낭패를 보았던가. 디스토션의 방패를 들어 검을 막으면 서 오른손의 검으로 반격을 가했다.

하지만 방패에 부딪쳐 튕겨 나간 검이 다시 기묘한 곡선을 그리며 디스토션의 검을 쳐냈다.

거대한 검과 맞부딪치는 공방전이 시작되었다.

번개같은 일격을 막고 유려한 곡선을 그리며 휘돌아쳐 오는 일격을 피하며 일진일퇴의 공방이 계속되었다. 조금씩 디스토션이 밀렸다.

"젠장. 저 녀석의 출력은 대체 얼마인 거야."

디스토션의 출력은 3.0이다. 현존하는 기간테스 중 최고의 출력을 보유한 기체다. 그런데 검이 맞부딪칠 때마다 힘에서 밀리고 있었다. 있을 수 없는 일이었기에 상대방의 출력에 대한 의구심이 피어오른 것이다.

"하지만 디스토션은 출력이 전부인 기체가 아니다. 바인딩."

제스터의 시동어와 함께 레퀴엠의 두 다리가 밝은 빛에 휩싸였다.

디스토션이 레퀴엠의 다리에 바인딩 마법을 사용한 것이다.

"큭."

순간이지만 다리가 꼬였다. 정신을 집중해서 움직이는 것으로 마법을 파훼할 수 있었지만 그 순간 드러난 틈은 컸다. 그곳을 노리고 디스토션의 검이 날아들었다.

"빌어먹을."

이슈인은 다가드는 검을 보며 입술을 깨물었다. 피할 방법이 없었다. 상당한 피해를 감수해야 할 상황이다. 그때 무의식중으로 일루전 문의 수법으로 레퀴엠의 다리를 움직였다.

검과 검을 맞댄 기사와의 실전에서 이런 상황에 처한다면 그 방법으로 피할 것이기에, 기간테스를 움직이고 있는 와중에 이슈인의 무의식은 평소의 습관대로 행동한 것이다. 그만큼 절체절명의 상황이었다.

마나 제어구를 통해 흘러 들어간 이슈인의 마나가 레퀴엠에게서도 이슈인의 체내에서 움직이는 길로 마나가 흘렀다. 이슈인은 인식하지 못한 순간적으로 일어난 무의식적인 움직임이었다.

그 순간 레퀴엠의 몸체가 그림자가 사라지듯 부드럽게 움직이며 디스토션의 검을 피했다.

"뭐야?"

제스터가 깜짝 놀랐다. 절대 피할 수 없는 일격이다. 그런데 피했다. 깜짝 놀라는 것이 당연했다. 놀라기는 이슈인 역시 마찬가지다. 영락없이 일격을 허용해야 한다고 생각했다. 그런데 손쉽게 피했다.

'뭐였지? 방금 그것은?'

자신이 움직이고도 자신이 몰랐다. 왜 그렇게 되었는지 곰곰이 생각하고 싶었으나 그럴 여유가 없었다.

얼음의 창 세 개가 날아오고 있었기 때문이다. 레퀴엠이 검을 휘둘러 창을 쳐냈다. 그 순간 디스토션의 방패가 날아들었다.

전장 8.5미터의 디스토션이다. 레퀴엠의 전장은 6미터.
2.5미터라는 엄청난 전장 차이 덕분에 디스토션의 공격은 마
치 어른이 아이를 덮치는 듯한 모습으로 보였다. 디스토션의
방패가 머리 위에서 레퀴엠에게로 떨어져 내리고 있었다.

"이익."

이슈인이 이를 악물고 검을 올려쳤다.

쾅!

요란한 충돌음이 울렸다.

크기는 뒤지지만 오히려 출력은 압도한다. 그 때문에 디스
토션의 방패가 위로 들렸다.

제스터는 깜짝 놀랐다. 설마 자신이 튕겨 나갈 줄은 상상도
못했기 때문이다. 그 순간 디스토션의 왼쪽 옆구리가 훤하게
열렸다. 그 순간을 놓칠 이슈인이 아니다.

레퀴엠의 검이 그곳으로 날아들었다.

"실드."

제스터가 다급히 방어 마법의 시동어를 외쳤다. 왼쪽 옆구
리 부분에 거대한 빛의 방패가 나타났다.

챙!

그 소리와 함께 방어 마법은 깨졌다. 하지만 그 덕에 레퀴
엠의 검의 속도는 늦춰졌다. 그 순간 디스토션의 몸체를 오른
쪽으로 회전하며 강렬하게 검을 휘둘렀다. 상대의 검을 피함

과 동시에 공격을 하는 것이다.

"칫."

어쩔 수 없었다.

레퀴엠은 재빨리 뒤로 물러났다.

일진일퇴의 공방.

그야말로 명승부였다.

이것이 전장에서의 전투가 아니라면. 손에 땀을 쥐고 감상할 수 있는 기간테스 간의 전투다. 하지만 이곳은 전장이고 지금은 전쟁 중이다.

계속해서 이곳에서 시간을 끌 수는 없었다. 그것이 이슈인의 생각이었다.

반면 제스터는 미소를 짓고 있었다. 자신이 생각한 것 이상으로 상대의 발을 이곳에 묶어놓은 덕분이다.

'설마 레퀴엠의 라이더가 그 녀석일 줄이야. 그 덕에 이렇게 발을 잡을 수 있었다. 그때의 복수를 하려고 생각했기 때문에 자신의 유리함을 버리고 나와 맞붙었으니 말이야. 후훗. 나도 그렇지만 이 녀석도 어려.'

총사령관이면서 직접 전장에 뛰어든 자신이나 굳이 이카루스라는 강력한 병기의 힘을 버린 상대가 똑같이 바보라는 생각이 들었다.

그리고 그 덕에 생각보다 큰 타격을 적에게 줄 수 있을 것 같았다.

이슈인과 제스터가 공방전을 벌이고 있는 그때.

다섯 기의 비공정은 중앙의 방어 기갑 연대의 상공에 도착했다.

"서둘러라. 우리에게 주어진 시간은 10분이 전부다!"

비공정 안이 소란스러워졌다.

적들의 진영에 도착한 다섯 기의 비공정은 다섯 갈래로 나누어지며 적들의 진영 곳곳을 타격할 수 있는 위치를 점했다.

그 순간 비공정의 창이 열리며 무수한 폭탄이 떨어지기 시작했다.

콰콰쾅!

땅이 울리며 폭음이 터진다.

"피해라! 적의 비공정이다!"

"어서 이슈인 써드와 아덴 써드에게 연락해!"

설마 상대가 비공정을 다시 투입할 것이라고는 생각도 하지 못했다. 아덴의 랩터2 윙이 등장한 이후 전장에서 비공정이 사라진 까닭이다.

자신들이 공중에서 공격을 하면서도 메틀라인 왕국군은 하늘에 대한 경계를 소홀히 했다. 그 대가가 지금의 혼란이다.

"빌어먹을. 설마 다시 비공정을 사용할 줄이야."

크로아 사단장은 제3기갑연대의 급보에 책상을 내려치며 얼굴을 일그러뜨렸다. 너무나 무사안일했던 자신에 대한 원망이 솟구쳐 올랐다.

그사이에도 다섯 기의 비공정은 계속해서 폭탄을 토해내고 있었다. 상당히 높은 고도에서 투하하는 것이라 정확한 폭격은 어려웠다. 낙하하면서 바람 등의 영향으로 휘어지기도 한 탓이다.

이번의 폭격은 애초에 목표를 정한 정밀 타격이 아니었기에 아무래도 상관없었다.

"시간이 얼마 없다. 최대한 많은 폭탄을 쏟아내고 후퇴해야 한다. 서둘러!"

이번 폭격의 총 책임을 맡은 퍼스트 룩이 목이 터져라 외쳤다. 사람 머리통보다도 큰 폭탄을 나르고 던지는 병사들의 손이 더욱 바빠졌다.

하늘에서 떨어지는 폭탄에는 기간테스도 속수무책이었다. 오로지 사방으로 흩어져 피하는 수밖에 없었다.

그렇게 10분이 흘렀다.

그러자 언제 그토록 격렬하게 폭격을 했냐는 듯 비공정은 북쪽으로 빠르게 사라졌다. 적의 폭격에 엉망이 된 진영에 남은 메틀라인의 병사들은 허망하게 그 모습을 지켜보았다.

"젠장."

병사들의 눈에서 눈물이 흘러내렸다.

10분 후.

급보를 받은 랩터2 윙이 도착했다. 전력을 다해 날아왔으나 이미 적은 보이지 않았다. 지금 쫓아가도 늦었으리라.

"제대로 한 방 먹었군."

아덴의 인상이 험하게 일그러졌다.

제3연대의 소식은 전투 중인 이슈인에게도 통신으로 전해졌다.

"뭐야?"

적의 역습 소식에 손발이 어지러워지기 시작했다. 그때 제스터 역시 작전의 성공 소식을 전해 받았다.

"후후. 좋았어."

반면 제스터에게는 여유가 생겼다. 작전이 성공했으면 더이상 이곳에 있을 이유가 없었다. 슬슬 몸을 빼는 것을 생각해야 했다.

[후후. 오늘 즐거웠어. 그럼 다음에 보자고.]

제스터의 목소리가 공용 채널을 통해 콕피트에 울리는 순간에서야 이슈인은 적의 의도를 알아차렸다.

[절대 그냥은 안 보낸다!]

이슈인의 사나운 목소리가 울려 퍼졌다.

디스토션은 강렬한 검격을 레퀴엠을 향해 날리는 척하다가 헤이스트를 사용해 재빨리 뒤로 물러섰다.

"하늘을 날아서 쫓아오면 답이 없는데……."

제스터는 잔여 마나 량을 확인했다. 이카루스를 가진 적으로부터 몸을 빼는 것은 불가능에 가까울 정도로 어려운 일이었다. 하지만 이곳에 올 때 이미 준비해 둔 것이 있었다.

제스터의 손이 가슴에 잠시 올라왔다가 내려갔다.

"익스트림 바인딩(Extreme Binding)."

제스터의 시동어와 함께 거대한 손이 나타나 레퀴엠을 움켜쥐었다.

"큭."

갑작스러운 상황에 이슈인은 깜짝 놀랐다. 그것도 잠시 자신을 구속하고 있는 마법을 깨뜨리려고 정신을 집중했다. 하지만 제스터는 그런 여유를 주지 않았다.

"파이어 버스터! 아이스 스피어! 어스퀘이크!"

연이어 마법을 펼쳤다.

특히나 마지막의 어스퀘이크는 범위 마법으로 두 사람의 전투를 지켜보던 기간테스에게까지 영향을 미쳤다.

"헤이스트!"

그리고는 헤이스트를 펼쳐 최대한 빠르게 전장을 벗어났다. 비공정은 이미 돌려보낸 뒤다. 자신만 몸을 빼면 된다.

제스터는 전력을 다해 달렸다. 적들과 상당한 거리가 벌어진 것을 확인하고는 재빨리 디스토션에서 내렸다. 곧 디스토션은 역소환되었다. 무척이나 서둘러 움직였으나 어느새 적들의 기간테스가 쫓아오고 있었다. 아무래도 1분 안에 잡힐 것 같았다.

하지만 이미 모든 준비는 마친 상태다.

"후훗. 그럼 수고하라고."

제스터는 품에서 스크롤 카드를 꺼내서 찢었다. 미리 준비해 온 공간 이동 스크롤 카드로 밝은 빛과 함께 제스터가 사라졌다.

선두에 서서 제스터를 향해 달려들던 라이어는 멍하니 그 모습을 지켜보았다.

공간 이동 스크롤 카드로 이동할 수 있는 한계 거리는 50킬로미터다. 하지만 그 정도를 벗어난다면 완벽하게 몸을 뺀 것이나 다름없다. 이미 그곳에 다른 준비를 해놓았을 터다.

이번 전투는 그야말로 완벽하게 뒤통수를 맞은 셈이다.

디스토션이 펼친 마법의 구속에서 벗어나자마자 뒤이어 날아온 공격 마법을 막고 나니 이미 디스토션은 상당히 멀어져 있었다. 이카루스를 펼치려 할 때 덮친 땅의 진동 때문에 타이밍이 늦었다.

겨우 비행을 시작해 하늘에서 제스터를 향해 쏘아져 내릴 때, 이미 제스터는 공간 이동 마법의 밝은 빛과 함께 사라졌다.

"젠장. 투창이 하나만 더 있었어도……."

여섯 자루 모두를 사용한 것이 더 없이 아까웠다.

—검을 던져도 됐었다.

뒤늦게 깨닫게 해주는 아스카론의 말은 오히려 이슈인을
더욱 망연자실하게 만들었다.

CHAPTER 10
마이스터의 실마리

연일 전해져 오는 승전보에 익숙해진 탓일까?

갑자기 들려온 한 번의 패전 소식에 회의장의 분위기는 무겁기 그지없었다. 누구도 쉽사리 입을 열지 못했다.

"허어. 그렇게 노골적으로 비공정을 사용하다니. 공화국은 비공정 규약 따위는 신경도 안 쓰는 모양입니다."

미켈란 후작이 분기 가득한 얼굴로 말했다.

"이미 뒷공작으로 루즈벡 제국과 슈프림 왕국에 손을 쓴 듯합니다. 동부 대륙에서는 거리상으로 직접 공화국을 제재하지는 못할 테니 그 정도면 비공정 규약에 얽매일 필요가 없게 된 것입니다."

이안의 설명에 분위기는 더욱 무겁게 내려앉았다.

"하면 비공정을 막을 방법이 없습니까?"

"바톤 윙이 있습니다만… 아직 라이더의 훈련 상태가 지지부진한지라……."

항상 당당하던 이안 차관의 모습이 오늘만큼은 왜소하기 짝이 없었다. 그도 갑작스런 적의 반격에 상당히 당황한 것이다.

비공정을 이용한 폭탄의 투하는 한 지역의 전장에서는 반격을 할 수 있을지 몰라도 전쟁 전체를 놓고 보면 무의미한 반항에 지나지 않는다. 바톤 윙의 등장 후 공화국 측도 그런 사실을 잘 알기에 그동안 비공정은 전투에 투입하지 않은 것이다. 비공정은 바톤 윙의 먹잇감에 불과하기에 그 바톤 윙을 잡을 방법을 찾느라 고민했을 것이다.

그런데 이렇게 갑자기 비공정으로 밀고 들어오니 그 뒤에 무슨 꿍꿍이가 있는지 알 수가 없었다. 덕분에 이안의 몰골이 말이 아니었다.

'설마 공화국에서 바톤 윙과 유사한 병기를 개발했을 리는 없고……'

갑자기 그런 것이 나타날 턱이 없었다.

그동안 메틀라인 왕국과 바첼러 백작가에서 투입한 노력과 자금은 엄청났다. 그 결과물이 바톤 윙인데 그것을 공화국에서 그렇게 뚝딱 만들어낼 리는 없었다.

"으음. 바츠란 제너럴에게서 들은 말입니다만, 마나 캐논의 위력이 놀랍다고 하더군요. 그것을 비공정에 쏠 수는 없을까요?"

미켈란 후작이 다시 입을 열었다. 그는 국방부 장관으로서 지난번의 리퍼블릭 직접 타격 작전에서의 마나 캐논에 대한 성능을 보고 받았다. 그때 진정으로 감탄하던 바츠란의 얼굴을 잊을 수가 없었다.

이안의 얼굴이 더욱 어두워졌다.

"죄송한 말씀입니다만… 마나 캐논은 실패했습니다."

"그게 무슨 말입니까?"

이안의 선언과도 같은 말에 회의장이 소란스러워졌다. 곧 육상용 마나 캐논이 완성될 것이라 믿고 기대를 가졌던 그들이 아닌가.

특히나 라파엘 후작의 동요가 컸다. 마나 캐논의 완성을 위해 재정부 장관으로서 막대한 자금을 만들어 지원하지 않았던가.

"여러 가지 시험을 하고 조정을 했습니다만… 단시간 내에 소형화하는 것은 불가능하다는 결론이 났습니다. 4, 5년 정도 더 철저히 개발을 한다면 가능할지 몰라도 우리에게는 그런 시간이 없으니까요."

회의장의 분위기는 더욱 어두워졌다.

"몇 가지 묻겠습니다."

라파엘 후작이 입을 열었다.

"말씀하십시오."

이안은 라파엘 후작을 볼 낯이 없었다. 그가 자신을 지원하기 위해 얼마나 고생했는지 잘 알고 있는 까닭이다.

"완전한 실패입니까?"

"그렇지는 않습니다. 크기를 초기형의 80% 수준으로 줄이는데는 성공했습니다만… 여전히 전장에서 운용하기에는 불가능한 크기입니다."

"이유가 뭡니까?"

"마나 엔진의 출력입니다."

"출력이요?"

"네. 유효한 위력을 얻기 위해서는 강력한 마나가 필요하고 그만큼 출력이 높은 마나 엔진이 사용되어야 합니다. 지난번 작전에서 사용된 마나 엔진의 출력은 모두 12.2입니다."

"그게 가능합니까?"

사람들은 믿을 수 없다는 얼굴로 되물었다. 현재 대륙의 정설로 받아들여지고 있는 마나 엔진의 한계 출력은 3.0이지 않던가. 모두들 그렇게 알고 있었다.

"마나 캐논에 사용되는 마나 엔진은 기간테스용과 다릅니다. 한 개의 정해진 크기의 단일 엔진이 사용되지 않아도 되지요. 출력 2.5의 마나 엔진 다섯 기를 직렬로 연결하여 동력을 전달하면 충분히 만들어낼 수 있는 출력입니다. 단지 어느 정도의 손실이 발생하기에 이론상의 출력인 12.5에는 못 미치는 12.2 정도가 실제 출력입니다."

라파엘 후작이 이안의 설명에 고개를 끄덕였다. 그는 똑똑한 사람이다. 비록 재정부 장관을 맡고 있지만 군사 쪽에도 전혀 문외한이 아니다. 왕국의 행정을 맡는 자리에 있으면 다방면에 능력을 가지고 있어야 한다. 특히나 돈의 집행을 결정하는 재정부이니 만큼 요소요소에 대한 지식을 가지고 있어야 했다. 그래야 쓸데없이 새어나가는 재정의 낭비를 줄일 수 있기 때문이다.

"공화국에서 저렇게 노골적으로 비공정을 사용한다면… 우리가 했던 것을 저들도 할 수 있지 않겠습니까?"

라파엘 후작이 염려스럽다는 듯 물었다.

"무얼 말입니까?"

하이드론 공작이 끼어들었다.

"왕도에 대한 직접 타격 말입니다."

그 말이 가져오는 파장은 컸다. 누구도 생각지 못했던 것에 대한 지적이었기에 금세 회의장은 소란스러워졌다. 그것은 이안 역시 생각 못했던 것인 듯 그의 얼굴도 딱딱하게 굳었다.

"그러면 막을 방도는 있는 겁니까?"

한 귀족이 잔뜩 겁 먹은 얼굴로 물었다.

"레퀴엠이나 랩터2 윙을 불러들여야 합니다."

없다는 말이나 다름없었다. 사람들의 얼굴에 어린 걱정과 공포가 사방으로 확산되었을 때 이안이 뒷말을 이었다.

"아니면… 비공정으로 직접 부딪치는 수밖에 없습니다."

방법이 아주 없는 것은 아니었지만 그것 역시 임시 처방이다.

"그래서 말입니다만, 마나 캐논을 왕도 주변에 고정식으로 설치하는 것은 가능합니까?"

라파엘 후작이 자신의 의도를 드러냈다. 실패했다지만 완전한 실패는 아닌 이상 써먹어야 했다. 특히나 왕도가 직접 타격 위험에 처한 이상 반드시 써야 했다.

자신이 집행한 재정이 아무짝에도 쓸모가 없다는 것은 재정부 장관에게 있어 치욕이요, 불명예였다. 그런 사태를 막겠다는 일념하에 생각에 생각을 거듭하다 보니 왕도의 직접 타격 위험에까지 생각이 미친 것이다.

왕국 재정에 대한 그의 집념은 그 정도로 대단했다. 남들이 간과한 작은 부분까지 찾아낼 정도로 말이다.

"충분히 가능합니다. 고정식으로 설치한다면 크기의 제한도 없어지는데다가, 발사 충격의 반동을 흡수하는 구조도 만들 수 있으니까요. 제가 실패했다는 것은 이동하면서 사용할 수 있는 전략형 육상 병기로의 개발이 실패했다는 것이니까요."

사람들의 얼굴에 일말의 안도가 떠올랐다.

리퍼블릭 공략 작전에서 마나 캐논의 위력에 대한 소문은 이미 귀족들 사이에 퍼지고 있었던 것이다. 직접 보고가 되었을 정도니 그 사실을 귀족들이 입수하는 것은 그리 어려운 일이 아니었다.

"그러면 즉각 설치 작업을 착수하는 것이 좋겠군. 왕도가 위험에 처할 수도 있다니 미리 방책을 준비해야지."

엠피엘 국왕의 입에서 허락의 말이 떨어졌다.

"전선의 전술은 어찌해야 하겠습니까?"

클레딘 군단장이 물었다. 자신이 결정해야 하는 것이지만 난감했다. 공중에서의 공격에 대한 대비란 것이 쉬운 것이 아니었다.

"지금같이 양쪽에서 끌어올리면 뒤에서 따라 올라가면서 정리하는 방법은 피해야 할 것 같습니다. 아무래도 한 기는 공격을 한 기는 방어를 해야 할 것 같군요. 비공정이 어디서 나타날지 알 수 없는 노릇이니까요. 이번처럼 공격하는 가운데 아군 진영을 털릴 수는 없습니다."

이안의 말에 클레딘은 고개를 끄덕였다.

"그런데 말입니다."

그때 미켈란 후작이 입을 열었다. 국방부 장관의 자리에 있으면서 대부부분의 실무를 이안에게 맡기고 뒤로 물러난 그가 작전을 입안하는 자리에서 거의 처음으로 입을 열었다.

"비공정 규약이라는 것이 전장에서의 비공정의 운용을 완전히 금지하는 규약입니까?"

"아닙니다. 비공정을 이용하여 인명을 살상하거나 기간 시설을 파괴하는 것을 금지하는 규약입니다. 물론 군사적으로 사용할 수 없다는 조항이 있습니다만 그것은 해석하기 나름이니까요. 보통은 인명 살상과 기간 시설 파괴 정도로 해석을 하지요."

이안이 대답했다. 미켈란 후작이 이런 기본적인 것을 모를 리 없었다. 그는 주위의 주의를 환기시키기 위해 그렇게 이야기를 시작한 것이다.

"그렇다면 본진에서 일정 거리 이상 떨어진 곳에 비공정을 띄워두는 것이 어떨까요? 충분히 경계가 될 것이라 생각합니다만."

이안의 머리에 무언가가 번쩍였다.

지금까지 이안은 어떻게 하면 좀 더 효과적으로 적을 공격할 수 있을까를 고민해 왔다. 그랬기에 공격 병기를 개발해 냈고 공격 전략을 짜냈다. 단, 방어에 대해서는 진지하게 고민하지 않았다.

공격은 최선의 방어다.

그것이 이안의 생각이었다. 그랬기에 비공정을 방어에 활용하려는 생각은 전혀 하지 못했다. 비공정 규약에 묶여 있기 때문이다.

그런데 미켈란 후작의 말로 머리가 트였다.

비공정은 굳이 공격용이 아니더라도 전략적으로 활용할

수 있는 방법이 무궁무진했다. 공중에서의 경계도 훌륭한 활용법이다.

망루에서 망원경을 사용하는 것보다 비공정에서 망원경을 사용하는 것이 훨씬 효과적이라는 것은 누구나 알 수 있었다. 왜 지금까지 그 생각을 하지 못한 것일까? 이안은 스스로를 자책했다.

하지만 지금까지 대륙의 누구도 그런 생각을 하지 못했다. 고정관념과 편견의 함정에 빠진 것이다.

"훌륭한 방법입니다. 충분히 가능합니다."

이안이 기뻐하는 얼굴로 말했다.

그 이후 회의석상에서 지속적으로 공화국과의 전쟁에 대한 사항이 논의되었다. 주로 의견을 내는 사람은 이안과 라파엘 후작, 미켈란 후작, 클레딘 군단장 정도였다.

다음날.

서부 기갑사단에 새로운 명령이 하달되었다. 크로아 사단장은 고개를 끄덕이며 명령서를 확인했다. 상당히 고심에 고심을 거듭한 흔적이 역력했다.

"곧 비공정이 지원될 거란 말이지. 홋. 비공정에는 비공정이라. 나쁘지 않은 방법이야. 우리는 공격용으로 쓸 것도 아니니 규약에 걸릴 것도 없고 말이야."

기본적인 명령이 하달되었기에 그 안에서 세부적인 운용

을 어찌할 것인지는 전적으로 크로아 사단장의 재량이었다.

그는 곧 작전 회의를 열면서 연대장과 대대장, 그리고 참모 진들을 모았다.

회의는 밤늦게 끝났다.

덕분에 최근 사흘간은 아무런 교전이 없었다.

공화국 입장에서도 주목적은 시간을 끄는 것이기에 굳이 먼저 공격을 하지는 않았다.

이슈인은 회의가 끝나고 자신의 막사로 돌아왔다.

침상에 누워 막사의 천장을 가만히 바라보았다. 머릿속에 사흘 전의 아스카론의 말이 떠올랐다.

―아까의 전투에서 디스토션이라는 기간테스의 일격을 피하는 움직임을 할 때 잠시지만 너는 마이스터의 능력의 일부를 발휘했다.

그 이후 이슈인은 이렇게 시간이 남으면 디스토션과의 전투를 계속해서 복기했다. 과연 어떤 부분을 아스카론이 말하는지 정확히 알 수 없기 때문이다.

이슈인은 무수한 공격을 피했다. 그랬기에 아스카론이 말안 일격을 피하는 상황은 무척 많았다. 아스카론이 그 이상의 정보를 주지 않는 이상 몇 번이고 전투 장면을 복기해야 했다.

이윽고 사흘째.

정확히 백다섯 번의 복기를 했다.

"아무리 생각해도 그때야."

바인딩 마법에 걸려 다리가 꼬이면서 치명적인 공격을 허용할 뻔했을 때.

그러나 정신을 차리고 보니 자신은 어느새 디스토션의 일격을 피한 후였다. 자신도 얼마나 어안벙벙했던가. 아무리 다시 생각해 봐도 아스카론이 말하는 때는 그때임이 분명했다.

"문제는 나도 그때 어떻게 했는지 기억이 안 난다는 거지."

"계십니까, 이슈인 님?"

막사 밖에서 익숙한 목소리가 들렸다.

"뭐야? 낯간지럽게 그냥 전처럼 편하게 대해."

침상에서 일어나면서 이슈인은 막사의 문을 열고 찾아온 두 사람을 맞이했다.

라이어와 벨라나였다. 그들 역시 제1연대 소속으로 지금까지 계속해서 이슈인의 후방 작전에 참여하고 있었다.

"어떻게 감히 써드 룩께 편하게 하겠어."

벨라나가 빙긋 웃으며 말했다.

"말이 앞뒤가 안 맞는다."

이슈인이 탁자 앞의 간이 의자에 자리를 권하며 웃었다.

아카데미 시절부터의 동기들이다. 계급이 아무리 차이가 난다 하더라도 아직은 그들은 자신의 친구였다. 이런 사적인 자리에서 계급을 들먹일 생각은 없었다.

세 사람은 간이 의자에 앉았다.

"휴우… 사흘이나 전투가 없다니 참 드문 일이야."

후퇴를 할 때도 진격을 할 때도 이렇게 긴 휴전 상태는 그다지 없었다. 벨라나는 이렇게 조용한 것이 마음에 드는 듯 편안한 얼굴이었다.

"그나저나 공화국 녀석들 설마 그렇게 나올 줄은 꿈에도 몰랐어. 별동대로 너 죽고 나죽자 식으로 덤비지를 않나, 제스터 그 녀석이 갑자기 나타나지를 않나. 특히나 딜레이 타임 때는 꼼짝없이 죽는 줄 알았다구."

라이어가 마지막 전투를 떠올리며 온몸을 부르르 떨었다. 그때 레퀴엠이 던진 창이 아니었다면 자신은 이곳에 있지 못할 것이다.

"그래. 그때 네가 자이안들이랑 제일 가까운 위치였지?"

벨라나가 생각난다는 듯 말했다.

"그게 너였어?"

이슈인은 바일론들을 모두 식별하지는 못했다. 각기 나름의 표식이 있기는 하지만 그것은 어디까지나 작은 개성 같은 것이다. 바일론의 등에 큼지막하게 무언가가 써 있지 않은 이상은 공중에서 봤을 때는 다 그게 그것 같아 보인다. 왼쪽 어깨에 문장이나 별명을 써넣는다든지 일부의 색깔을 살짝 도색한다든지 하는 정도의 차이니까 말이다.

"응. 덕분에 살았어, 이슈인."

라이어가 빙긋 웃으며 말했다.

"당연히 해야 할 일이었다."

이슈인 역시 빙긋 웃으며 말했다.

그때 이슈인의 머릿속에 어떤 생각이 떠올랐다.

"라이어 네가 제일 앞에 있었다고?"

"응."

"그럼 그 이후 나와 디스토션의 전투도 제일 가까이서 봤겠네."

"우리 연대에서는 내가 제일 앞이었지. 그 대형 그대로 적진영을 쓸었으니까."

라이어가 고개를 끄덕이며 대답했다.

"그러면 말야."

이슈인은 자신이 기억하지 못하는, 마이스터의 실마리가 될 것만 같은 그때에 대해 자세히 물었다.

"아, 그때! 그때 정말 멋졌어. 나야말로 묻고 싶어. 어떻게 그렇게 피한 거야?"

"그래. 다들 정말 궁금해하고 있어."

벨라나 역시 고개를 끄덕이며 동의했다. 그때는 모든 이들이 꼼짝없이 일격을 허용한다 생각했기 때문이다.

"진짜로 환상이었어. 마치 환영이 스러지듯이 레퀴엠이 뒤로 폭 꺼졌으니까. 제스터 그 녀석도 어안이 벙벙했을 거야. 내 눈에는 검이 꽂히는 것처럼 보였었거든. 근데 검이 꽂힌

줄 알았던 레퀴엠이 환영처럼 흩어지고 그 뒤에 멀쩡히 서 있었으니까."

"응. 맞아. 분명히 그랬어. 진짜 환상이었다니까!"

벨라나도 고개를 끄덕이며 맞장구를 쳤다.

'설마?'

이슈인은 그 설명에서 무엇이 어떻게 된 것인지 대강 감이 잡혔다. 하지만 확신할 수 없었다.

그것은 불가능했기 때문이다.

환영처럼 스러졌다.

그 말이 단서였다.

일루전 문(Illusion Moon).

환상의 달이라 이름 붙여진 워킹 스텝. 그 수법이 펼쳐지면 멀리서 보고 있는 이들은 흡사 환영이 스러지는 모습으로 볼 수가 있었다.

얼마간 대화를 더 나눈 후 두 사람은 각자의 막사로 돌아갔다. 죽고 죽이는 전장의 한가운데서 서로 정을 나눌 수 있는 친구가 있다는 것은 큰 힘이었다.

두 사람이 돌아간 후 이슈인은 다시 고민에 빠졌다.

라이어의 설명대로라면 그때 레퀴엠은 일루전 문의 수법으로 피한 것 같았다.

그것이 가능할까?

기간테스로 일루전 문을 펼칠 수 있을까?

이슈인은 고개를 저었다.

일루전 문이 그 특유의 위력을 발휘하려면 마나가 반드시 필요했다. 그것도 일루전 문에 맞는 방향으로 마나를 순환시켜야 한다. 기간테스에서 그것을 한다는 것은 불가능했다.

기간테스를 제어하는 마나들은 모두 마나 회로를 따라 흐르고 그것은 기간테스를 제작할 때 만들어진 고정된 길이었다.

그랬기에 검을 사용할 때도 이슈인은 인피니트 소드의 검로를 응용할 뿐 인피니트 소드를 그대로 펼치지는 않는다.

불가능하기 때문이다.

하지만 라이어와 벨라나가 본 것은 분명 일루전 문이다.

"가능할까?"

이슈인이 낮게 중얼거렸다.

'아스카론, 가능해?

아스카론에게 물었다. 굳이 마음을 닫고 생각을 한 것이 아니기에 아스카론도 이슈인의 생각을 알 수 있었다.

—글쎄, 레퀴엠에는 마나 회로라는 것이 없다.

"끄응."

아스카론의 대답은 이슈인의 머리를 더욱 복잡하게 만들었다. 마나 회로가 없다니.

마도 시대의 기술로 개조된 기간테스니 충분히 가능한 이야기였기에 마나 회로가 없다는 말에 대해 크게 생각하지 않고 넘어갔다. 마나 회로보다 뛰어난 다른 기술이 있을 것이라 생각한 것이다.

"휘유, 어렵네."

침상에 누운 채로 막사의 천장을 바라보며 중얼거렸다.

"잠깐만……."

얼마나 그렇게 누워 있었을까. 불현듯 떠오른 한 장면에 이슈인은 침상에서 몸을 일으켰다.

분명 제스터가 이끄는 강습부대가 아이노 강을 건너왔을 때이다. 제스터와 일대일로 싸우다가 겨우겨우 다이트 영지성으로 빠져나왔을 때. 그때 다짜고짜 자신을 끌고 갔던 마법사.

"아론 백작이라고 했었지? 분명."

그때 그가 한 말을 곰곰이 떠올렸다.

"싱크로율도 싱크로율이지만 마나 회로가 미묘하게 뒤틀려 있어. 게다가 기간테스의 내구도가 형편없이 떨어져 있었어. 분명 출력 이상의 기동을 한 게지. 그런 출력 과다 상태로 5분만 더 기동했더라면 오히려 기간테스가 안에서부터 파손되었을 거다. 마나 엔진의 출력을 이기지 못하고. 물론 마나엔진도 오버 히트되었겠지."

분명 그랬다.

"그래… 마나 회로가 미묘하게 뒤틀려 있다고 했었어."

이슈인은 그때 상황을 다시 떠올려 보았다. 격렬했던 전투의 그때를.

그때는 전적으로 자신이 불리했다. 하마터면 당할 뻔한 상황. 바인트의 조언을 떠올려 겨우 제스터의 손아귀를 벗어났었다.

그때 플레임 블레이드와 블리자드 블레이드를 사용했었다. 상대를 당황하게 하기 위해서 전혀 색다른 검로를 선보인 것이다.

"그런데 그때 검로만 선보인 게 아니라 정말 내가 검을 펼치듯이 마나를 움직였다면?"

이슈인은 한 가지 가정을 했다. 마나 회로가 뒤틀렸다고 했을 때의 상황이 얼마 전의 상황과 비슷했기 때문이다.

"그러면 마나는 내 몸 내부에서만 순환을 할 텐데……."

이슈인은 얼굴을 찡그렸다.

그때는 후퇴하는 데만 집중을 해서 제대로 생각해 보지 않았었다. 다시 그때를 떠올려 보니 검로만이 아니라 검의 위력도 어느 정도는 나왔던 것 같았다.

"결국 마나가 사용되었다는 것인데… 가능할까? 내 몸에 마나를 움직이듯이 기간테스의 마나를 움직인다는 것이? 음… 마나가 정해진 길로만 흘렀다면 마나 회로가 뒤틀릴 일은 없을 테고. 결국 정해진 길 밖으로 움직였다는 뜻인가? 그

럼 설마 내가 그렇게 했다는 건가?'

의문이 꼬리에 꼬리를 물면서 일어났다. 하나의 의문에 대한 답을 찾은 것 같으면 그것이 다시 의문으로 이어졌다.

자신에게 묻고 답하기를 반복하면서 이슈인은 서서히 실마리를 명확하게 만들어가고 있었다.

어디까지나 이슈인만의 가설이었지만.

밤이 깊었다. 이슈인은 눈꺼풀이 한없이 무거워지는 것을 느꼈다. 가설에 대한 생각은 거기까지만 하고는 두 눈을 감았다. 심력을 많이 소모한 만큼 빨리 그리고 깊이 잠에 빠져들었다.

날이 밝았다.

병사들은 바뀐 전술에 따라 움직였다.

일단 아덴은 본진에서 대기하기로 했다. 언제 비공정들이 폭격을 가해올지 몰랐기 때문이다. 그리고 여섯 기의 소형 비공정이 사방으로 흩어졌다. 본진 10킬로미터 전방 부근을 움직이며 경계를 하기 위해서다.

적의 진영을 공격하는 것은 이슈인이 맡았다.

아직 레퀴엠의 마나 엔진 출력은 극비 상태다. 하지만 랩터2 윙보다는 뛰어나다는 것은 다들 알고 있었다.

아무래도 성능이 뛰어난 기체가 공격을 하는 것이 낫다는 판단에 이슈인이 가는 것이다. 그리고 이미 아덴이 첫 출격

때 깔끔하게 비공정을 정리한 경험도 있었다.

레퀴엠이 이카루스를 펼치고 하늘로 날아올랐다. 아덴도 랩터2 윙을 소환한 채 마나 엔진을 기동했다. 랩터2 윙의 딜레이 타임은 1분 30초. 언제 적이 올지 모르니 일단 준비 태세는 취하고 있어야 했다.

레퀴엠은 빠르게 날았다.

주홍빛 날개로 파란 하늘을 물들이며 레퀴엠은 앞으로 쭉쭉 뻗었다. 경계를 위해 먼저 출발한 비공정을 곧 앞지르고는 계속해서 나아갔다.

잠시 후 아래로 적의 진영이 보였다. 그사이 다시 바첼러 영지에 들러 여섯 자루의 투창을 보급받았다.

이슈인은 레퀴엠의 손을 뻗으려다가 멈췄다.

"일단 규모가 작은 진영이야. 한번 시험해 볼까?"

이슈인이 작은 소리로 중얼거렸다.

지금까지의 전투 방식과는 달랐지만 한번 시험해 보고 싶었다. 어젯밤 늦게까지 고민한 자신의 가설을 말이다.

이슈인은 결심을 굳혔다.

레퀴엠의 오른손에 소환되어 쥐어진 것은 검이었다.

"가자."

레퀴엠은 천천히 하강했다.

이미 망원경에 레퀴엠의 모습이 잡힌 상태다. 태양 때문에 하늘 위를 망원경으로 관찰하는 것은 어려웠으나 렌즈 부분을 어둡게 하는 것으로 일단 문제를 해결했다. 태양 근처에서 떨어지는 레퀴엠 때문에 공화국 병사들이 머리를 짜내어 마련한 방책이었다.

"응?"

우왕좌왕하면서 전투 준비를 하던 공화국군은 무언가 평소와 다르다는 것을 느꼈다.

또다시 하늘에서 무언가가 땅으로 날아와 박힐 것이라 생각했지만 그렇지 않았다. 천천히 레퀴엠이 내려오고 있었다.

쿠웅.

레퀴엠은 땅에 완전히 내려섰고 등뒤의 날개 이카루스도 사라졌다.

"뭐지?"

공화국의 병사들은 긴장했다.

우우웅.

곳곳에서 마나 엔진 시동음이 들렸다. 어쨌든 눈앞에 적이 있다. 어떻게든 막아야 했다. 라이더들이 분주해졌다.

이슈인은 가만히 적들의 준비를 기다렸다.

어젯밤에 떠올랐던 가설이다. 아침에 바로 출격했기에 시험 한 번 못해보고 이곳으로 바로 왔다. 갑자기 시험해 보고 싶다는 생각이 든 것은 강렬한 열망 때문이다. 아스카론이 그토록 말하는 마이스터라는 것이 무엇인지 알고 싶다는 열망.

레퀴엠이 가만히 서 있자 공화국 병사들이 재빨리 후퇴하

기 시작했다. 아군의 기간테스가 기동할 공간을 만들기 위한
후퇴였다.

"딜레이 타임인가?"

이슈인 공화국의 자이안과 데세랄이 움직이지 않자 고개
를 끄덕였다.

"전투 전에 한 번이라도 시도해 보는 것이 좋겠지?"

마나 제어구를 꽉 쥔 채 이슈인은 자신의 마나를 그레이트
서클을 따라 돌렸다. 그리고 천천히 일루전 문의 수법으로 발
을 내딛었다.

쿵.

그저 단순한 한 걸음이었다.

이슈인이 예상한 어떤 움직임도 없었다.

이슈인의 이마에 주름이 생겼다.

"이것이 아닌가?"

공화국 기간테스의 딜레이 타임은 아직 남았다. 이슈인은
다시 정신을 집중해서 한 번 더 시도했다. 하지만 결과는 마
찬가지였다.

이슈인은 인상을 찡그린 채 고개를 갸웃거렸다. 될 것 같은
데 안 되고 있었다.

"내가 틀린 걸까?"

이슈인은 허탈하게 중얼거렸다.

그때 이슈인의 손에서 마나 제어구로 흘러 들어간 마나가

레퀴엠의 몸체를 움직이기 시작했다. 이슈인은 자신의 몸 안에서 그레이트 서클의 순서대로 돌리고 있는 상태였다. 손에서 들어간 마나도 이슈인이 습관적으로 돌리는 대로 서서히 움직이기 시작했다.

마나의 관성.

몸밖으로 흘러나간 마나가 몸 내부에서 움직이던 대로 움직이려 했다. 이러한 현상은 누구도 알지 못했다. 대륙의 기사들은 몸 안에서 마나를 순환시키지 않았기에 몰랐고, 바인트는 기간테스를 움직일 일이 없으니 몸밖의 어떤 것에 마나를 흘려 넣어 몸안과 같은 움직임을 가지도록 할 일이 없었다.

이것은 그야말로 우연이었다.

이슈인이 허탈해하면서 마나에 대한 제어력이 살짝 떨어지면서 손을 통해 마나 제어구로 마나가 흘러 들어간 것이다. 이슈인은 그레이트 서클대로 마나를 움직이는 것에 집중한 나머지 자신의 마나를 자신의 제어하에 두었다. 덕분에 오히려 마나 제어구로 들어가는 마나가 줄었고, 싱크로율도 상당히 떨어진 상태였다.

그러던 차에 자신에 대한 제어력이 떨어지면서 그레이트 서클을 돌던 마나가 마나 제어구로 흘러 들어갔고 그 마나가 레퀴엠의 내부에서 그 길로 돌았다.

"한 번만 더 해볼까?"

레퀴엠이 다시 한 발을 내딛는 순간.

레퀴엠은 환상과 같은 모습으로 부드럽게 움직이기 시작했다.

"된다!"

이슈인은 놀라서 외쳤다.

곧장 두 눈을 감고 내부를 관조했다. 아직 저들의 딜레이 타임은 30초 이상 남았다. 빨리 어떻게 한 것인지 알아내야 했다.

적들의 진영 한가운데서 이런 시험을 하다니 정말로 위험천만이었다.

내부를 관조하기 시작하자 한줄기의 마나를 볼 수 있었다. 내부에서 이어져 밖으로 나간, 그곳에서 훨씬 거대한 곳에서 그레이트 서클을 그리면서 돌고 있는 마나.

"알았다!"

이슈인은 두 눈을 번쩍 떴다.

"내 몸의 마나를 돌리면서 기간테스의 마나가 그렇게 움직이게 하는 것이 아니야. 내가 기간테스의 마나 스피어(Mana Sphere)가 되는 거야!"

그 즉시 이슈인은 마나를 그레이트 서클로 움직이면서 양손을 통해 마나 제어구로 마나를 밀어 넣었다. 그리고 그 마나들도 그레이트 서클의 경로로 움직이게 했다. 처음에는 잘 안 되었으나 정신을 최대한도로 집중하자 조금씩 움직이기 시작했다.

철컹. 철컹.

그 순간 자이안의 딜레이 타임이 끝났다.

그리고 동시에 레퀴엠의 두 눈이 번쩍였다. 마나 엔진의 기동이 시작될 때와는 전혀 다른 빛이었다. 흡사 두 눈이 불타오르는 듯했다.

─현재 싱크로율 83%다.

짤막한 아스카론의 말이 이슈인의 머리에 울렸다.

레퀴엠이 한 발을 내딛었다.

이어서 울려야 할 거대한 발자국 소리가 울리지 않았다. 조용히 그러나 빠르게 레퀴엠은 움직였다. 레퀴엠을 향해 다가오던 세 기의 자이안이 그 자리에 멈춰 섰다.

절대 기간테스로 시현할 수 없는 움직임이 눈앞에 있었다.

레퀴엠은 빠르게 세 기의 가운데로 파고들었다. 세 곳에서 포위하고 있는 한가운데로 스스로 들어간 것이다. 자이안들이 그 기회를 놓치지 않으려고 레퀴엠을 향해 몸을 돌렸다. 레퀴엠을 바라보고 있던 한 기는 빠르게 검을 내질렀다.

서격.

단 한 번 울린 금속의 절삭음.

쿠앙. 쿠앙. 쿠앙.

그러나 쓰러지는 소리는 세 번 울렸다.

단 한 번의 베기로 세 기의 자이안을 순식간에 베어 넘긴 것이다. 일방적이라고 해도 좋을 정도의 압도적인 전력 차이다.

일곱 기의 데세랄에 탑승하고 있는 라이더들은 이 상황을 믿어야 할까 하고 어안이 벙벙한 채 전면을 주시했다. 이제 데세랄의 딜레이 타임도 끝난 참이지만 과연 자신들이 저런 괴물 같은 기체를 상대할 수 있을까 두려움이 일었다.

하늘에서 공격하는 것이 아니다.

지상에 두 발을 딛고 자신들과 같은 조건에서 싸우는데도 이렇게 일방적이었다.

"빌어먹을. 저 기체가 무서운 것은 하늘을 날아서가 아니야. 이미 저 기체 자체로도 엄청난 괴물이야."

한 라이더가 떨리는 목소리로 중얼거렸다.

그들에게 선택의 여지는 없었다. 레퀴엠이 자신들을 향해 환상과도 같은 움직임을 보이며 다가오고 있었다.

"우아아악!"

가장 선두에서 레퀴엠을 맞은 데세랄의 라이더는 비명을 지르며 검을 휘둘렀다. 발악이나 다름없는 마구잡이 식의 공격이었다. 그런 공격에 레퀴엠이 당할 리 없었다.

슬쩍 피하고는 검을 찔렀다.

정확히 마나 엔진이 있는 곳을 꿰뚫었다.

퓨웅.

김 빠지는 듯한 소리가 나며 그 데세랄은 침묵 상태에 빠졌다. 동력원인 마나 엔진이 파괴되면서 기간테스는 그야말로 단순한 철 거인이 되어버렸다.

두 곳에서 레퀴엠을 향해 검이 날아들었다. 순순히 당할 수 없는 마음에서 시작된 공격이다. 레퀴엠은 가볍게 두 검을 쳐냈다.

"이야압!"

좌측에서 숄더 차징이 날아왔다.

가볍게 일루전 문의 수법대로 방위를 밟으며 뒤로 물러났다. 차징을 시도하던 데세랄은 그대로 레퀴엠을 지나쳤다.

쾅!

그 순간 레퀴엠의 오른쪽 무릎이 그대로 데세랄의 콕피트를 강타했다.

우지끈.

콕피트의 해치가 우그러들며 라이더를 덮쳤다.

"컥!"

그 충격에 라이더는 행동불능 상태에 빠졌다. 그에게 있어 다행이라면 목숨을 건졌다는 정도일 것이다.

레퀴엠이 핑그르르 몸을 회전시켰다. 그 회전은 부드럽기

짝이 없었다. 회전과 함께 빠르게 지나가는 검. 그 검에 조금 전 두 기의 데세랄이 쓰러졌다.

이제 남은 것은 세 기다.

"우으으……."

"괴, 괴물이야……."

라이더들은 겁에 질려 있었다.

이슈인은 멈추지 않았다.

레퀴엠은 전의를 잃은 데세랄 사이를 빠르게 지나갔다. 그 사이 레퀴엠의 검은 세 번 움직였고 정확히 세 기의 마나 엔진을 파괴했다.

너무도 깔끔하게 정리했다.

이슈인의 가슴속에 자신감이라는 것이 피어오르기 시작했다.

이슈인은 북쪽을 바라보았다.

"어쩌면 할 수 있을지도 모르겠는걸?"

담담한 중얼거림. 그 속에는 고민이 담겨 있었다. 자신이 생각한 것을 실행할 것이냐 말 것이냐 하는 고민.

"나에게도 작전권은 있으니까."

원 작전대로라면 오늘은 여기까지의 진격으로 끝을 내야 했다. 적들의 비공정을 이용한 폭격은 성가신 공격이었기에 그에 대한 대비를 하면서 천천히 진격하기로 한 것이다.

"그래도 지난번의 찜찜함을 남긴 채 천천히 치고 올라갈 수는 없어. 따끔한 맛을 한번 보여줘야지."

레퀴엠의 등 뒤로 이카루스가 펼쳐졌다.

레퀴엠이 날아가는 방향은 아군의 본진이 있는 남쪽의 반대 방향, 북쪽이었다.

얼마 날지 않아 또 다른 진영을 발견할 수 있었다. 최전방이 아닌 탓인지, 경계가 이전의 곳보다 느슨했다. 지금까지 메틀라인 왕국군의 공격 패턴에 익숙해진 탓도 있을 것이다. 아직 오늘은 이곳까지 적이 오지 않을 것이라는 생각하고 있는 듯했다.

소환되어 있는 기간테스는 모두 일곱 기였다. 자이안 한 기에 데세랄 여섯 기. 이전의 진영보다 적었다.

적을 확인한 이상 망설일 이유가 없었다.

레퀴엠은 빠른 속도로 날아내렸다. 하늘에서 투창을 던져도 될 것이지만 이슈인은 지금 자신이 깨달은 것을 시험해 보고픈 마음이 강했다. 그랬기에 직접 전투를 치르기 위해 하강하는 것이다.

"웅? 뭐지? 헉! 적이다! 레퀴엠이다!!!"

우연히 하늘을 보던 경계병은 이상한 점을 발견하고는 망원경을 사용했다. 그리고 레퀴엠을 확인하고는 기겁을 해 비상종을 울리며 적습을 알렸다.

평화롭던 진영은 곧 혼란에 빠졌다. 내일이나 혹은 모레 있을지도 모를 전투를 대비하여 준비가 한창이던 차에 갑작스러운 적의 습격이라니.

차근차근 단계를 밟아 자신들의 진영을 확보하는 메틀라인 왕국의 공격 스타일 상 절대 있을 수 없는 일이 벌어졌다. 그만큼 혼란은 컸다.

우우웅.

황급히 기간테스들의 마나 엔진이 기동에 들어갔다. 하지만 이제 기동을 시작하였으니 딜레이 타임을 기다려야 한다. 데세랄의 기동까지 생각한다면 최소 3분은 기다려야 한다.

길었다. 지금까지 보여준 레퀴엠의 공격력을 생각한다면 그 시간이면 이곳의 기간테스는 모두 파괴될 것이다. 그래도 일단 기동은 시작해야 했다. 그것이 라이더들의 의무였다. 비록 한 걸음도 움직이지 못하고 파괴되는 한이 있더라도 말이다.

빠른 속도로 하강하던 레퀴엠이 지상으로부터 50미터쯤의 상공에서 하강을 멈췄다.

"아직 딜레이 타임인가?"

이슈인은 적 기간테스의 상태를 보고 아직 딜레이 타임이 끝나지 않았음을 알아차리고 멈춘 것이다.

이슈인이 시험하고 싶은 것은 적과 치열한 접전을 벌이는 실전에서의 위력이다. 가만히 서 있는 기간테스를 쓰러뜨리는 것은 의미가 없었다.

평소의 이슈인이라면 적의 딜레이 타임을 기다려 준다는

행동은 절대 있을 수 없었다. 자신이 펼쳐 낸 실력에 취해 보통 때와 너무나 다른 행동을 하고 있었다.

"응? 뭐지?"

갑자기 멈춘 레퀴엠의 모습에 공화국의 병사들은 당황했다.

"조금, 조금만 더 그러고 있어라."

자이안의 라이더는 간절히 기도했다. 지금 이슈인이 일부러 자신들의 실제 기동을 기다리고 있다는 것도 모른 채 자신이 믿는 신을 찾으며 간절히 기도했다. 부디 아군의 딜레이 타임이 끝날 때까지 레퀴엠이 저 상태이기를.

그의 간절한 기도는 받아들여졌다. 애초부터 이슈인이 그런 생각을 가지고 있었기에 말이다.

키앙. 쿠앙.

일곱 기의 기간테스가 동시에 움직였다. 자이안이 가운데 서고 데세랄 여섯 기가 주변을 둘러쌌다. 육각형의 가운데에 자이안이 있는 대형이다.

여섯 기의 데세랄은 방어를 담당하고 자이안이 공격을 전담하기로 하였는지 데세랄들은 양손으로 거대한 방패를 들고 있었다. 데세랄 전체를 감쌀 수 있는 타워실드였다. 그리고 자이안은 투 핸드 소드를 들고 있었다.

"엄청나군. 기간테스에 타워실드라니……."

이슈인은 그 모습에 혀를 내둘렀다.

기간테스용 타워실드는 레퀴엠과 랩터2 윙의 공중 공격에 대비해 만든 것이다. 그만큼 엄청난 위력을 보여주었으니 그만큼 강력한 방패가 필요해진 것이다.

"뭐, 얼마나 효과가 있을지는."

그렇게 중얼거린 이슈인은 레퀴엠을 착륙시켰다.

쿠웅.

땅에 발이 닿는 소리가 울린다.

자이안과 데세랄의 전장은 모두 7.5미터다. 반면 레퀴엠의 전장은 6미터. 무려 1.5미터나 차이가 난다. 흡사 어른과 사춘기가 지난 청소년이 대치하고 있는 듯한 모습이다. 그것도 다수의 어른과 대치한 상태.

하지만 겁을 먹은 것은 다수의 어른들이었다.

레퀴엠의 움직임을 주시하며 일곱 기의 기간테스는 조심스런 움직임을 보이고 있었다. 절대 성급히 달려들지 않았다. 이곳에서 지난 시간 동안 레퀴엠을 상대할 전술을 연구하며 훈련을 했다.

전방의 동료들이 벌어준 생명과도 같은 시간을 모두 훈련에 던졌다.

자신들의 후방에 있는 동료들 역시 지금 저 괴물을 상대할 방법을 생각하고 훈련하고 있을 것이다. 이곳에는 비록 자신들이 전부지만 이 뒤부터는 다르다.

지난번의 비공정을 이용한 공격의 효과로 메틀라인 왕국

의 움직임을 둔화시킬 수 있었고 게다가 진격 방향도 한쪽으로 몰 수 있었다. 자신들의 후방에 있는 진영부터는 철저하게 레퀴엠을 상대할 대책으로 무장을 하고 있었다.

이곳은 다음번 메틀라인 왕국의 공격을 대비한 마지막으로 버리는 패였다. 이곳에 온 일곱 명의 라이더는 그 사실을 알고도 왔다. 일반 병사들에게까지 알려지지는 않았지만 라이더는 귀중한 병력이다. 그들을 아무렇게나 낭비할 수 없었기에 자원자만 받아서 배치한 것이다.

아직 하루 이틀 정도의 여유가 있을 것이라 생각했지만 보기 좋게 예상이 빗나갔다.

"그래 봤자, 어차피 각오하고 있던 일이다. 조금 빨라진다고 해서 억울할 것은 없어."

자이안의 라이더가 비장한 목소리로 중얼거렸다.

"흐음. 제법이야."

상대의 움직임을 보며 이슈인이 중얼거렸다.

지금까지 상대한 기간테스들과 달랐다. 7인 1조로 훈련이 잘되어 있었다. 공화국에서도 다방면으로 대책을 짜내고 있었다.

달라진 것은 공화국만이 아니었다. 이슈인 자신과 레퀴엠도 달라져 있었다. 지금은 그것을 확인하기 위한 전투였다.

마나 제어구를 통해 이슈인은 자신의 마나를 밀어 넣었다. 단지 기간테스의 조종을 위해 제어구에 주입하는 마나와는 질적으로도, 양적으로도 달랐다.

이슈인은 자신의 마나를 직접 레퀴엠의 마나 회로에 밀어 넣고 있었다. 아스카론이 레퀴엠에는 마나 회로가 없다고 했기에 이슈인은 그냥 마나 회로가 있는 기간테스의 이미지로 마나를 밀어 넣었다.

이슈인은 자신이 레퀴엠의 마나 스피어가 되어 그레이트 서클의 마나 순환을 시작했다.

그 순간 레퀴엠의 두 눈이 강렬하게 빛났다.

—현재 싱크로율 82.74%다.

아스카론의 목소리가 울렸다.

처음보다 아주 약간 싱크로율이 떨어져 있었다. 상태에 따라 싱크로율이 미묘하게 변하는 듯했다.

"그럼 시작해 볼까?"

레퀴엠이 부드럽게 움직였다. 일루전 문의 움직임이다. 공화국의 라이더들이 대경했다. 자신들은 공중에서의 공격에 대비한 훈련을 주로 했다. 지상전도 대비한 진형 훈련이지만 초점은 공중에서 떨어져 내리는 공격에 대한 대응이다.

그런데 설마 이렇게 직접 지상에서 보통의 기간테스 전술로 맞붙을 줄이야…….

지극히 정상적인 전투가 오히려 허를 찌른 전투가 되어버렸다.

[당황하지 마라. 오히려 우리에게 유리하다. 적이 스스로

자신의 강점을 포기했다.]

자이안의 라이더가 이들의 지휘를 맡은 듯 통신을 통해 동료들을 진정시켰다. 냉정히 생각하면 오히려 자신들이 훨씬 유리했다.

[오케이. 소대장.]

[땡큐. 덕분에 차분해졌어.]

덕분에 데세랄 라이더들의 동요가 진정이 되었다.

아직 레퀴엠의 마나 엔진 출력은 비밀이다. 하지만 아무리 높아도 3.0이 한계라는 것이 그들의 생각, 자이안의 출력과 여섯 기의 데세랄을 생각한다면 해볼만했다.

[상황 3번으로 움직인다.]

소대장의 지시와 함께 일곱 기의 기간테스가 일사불란하게 움직였다.

정육각형의 한 변이 레퀴엠을 마주했다. 즉, 레퀴엠의 최전방에 두 기의 데세랄이 있는 것이다. 그 뒤로 약간 벌어진 곳에 다시 두 기의 데세랄이 있다. 레퀴엠의 시선에는 모두 다섯 기의 기간테스가 보였다.

레퀴엠이 검을 뽑아 들고 앞으로 내달렸다.

목표는 자이안. 두 기의 데세랄 사이를 뚫고 들어갈 작정이었다. 한눈에 보아도 자이안이 대장임을 알 수 있었다. 전투에서는 적의 머리부터. 지극히 상식적인 행동이다.

레퀴엠이 쇄도해 오자 자이안은 재빨리 뒤로 빠졌다. 레퀴엠이 두 기의 데세랄 사이에 이를 때쯤 어느새 자이안은 육각형의 밖에 있었다. 레퀴엠이 빠른 속도로 접근했지만 거리가 멀었던 덕에 무사히 육각형 밖으로 나갈 수 있었다.

전방의 데세랄 두 기가 몸체를 돌렸다. 타워실드를 전면에 세우고 레퀴엠을 향해 달려들었다. 다른 네 기의 데세랄도 마찬가지였다.

레퀴엠은 육각형의 중심에서 여섯 기의 데세랄에 둘러싸였다. 타워실드가 딱딱 맞물리며 작은 육각형을 만들었다. 레퀴엠은 육각형의 감옥에 완벽하게 갇혔다. 도저히 기동을 할 수 없을 정도로 좁은 공간이다.

"큭. 너무 자신만만했나?"

톱니바퀴가 맞물리는 듯한 적의 움직임에 이슈인은 낮은 신음을 흘렸다. 자신이 자만했다는 것은 인정해야 했다.

쿵쾅쿵쾅.

그때 레퀴엠의 왼쪽, 육각형의 밖에서 거대한 동체가 움직이는 소리가 들렸다. 자이안이 달려오고 있었다.

"어떻게 공격하려는 걸까?"

레퀴엠은 타워실드의 감옥에 갇힌 상태지만 거대한 타워실드 덕에 적들이 레퀴엠을 공격할 방법도 없었다. 타워실드의 모서리가 딱딱 맞물려 정육각형을 만들었기에 타워실드로 압력을 가해 짜부라뜨리는 것도 불가능했다.

비어 있는 곳은 오직 한 곳, 머리 위뿐이었지만 바톤 윙이 없는 공화국군이 그곳으로 날아올 방법은 없었다.

이슈인의 얼굴에 호기심이 생겼다.

유기적인 공화국 기간테스의 움직임에 아주 짧은 순간 당황했을 뿐 자신이 불리한 것은 아니다. 압도적인 출력의 차이가 있었다. 지금이라도 한쪽 변을 부수고 나갈 수 있었다. 마나는 여전히 레퀴엠의 몸체에 그레이트 서클을 그리고 있었다.

그때 왼쪽 변을 막고 있는 타워실드가 기우뚱거렸다. 여전히 육각형은 견고한 상태로 작은 움직임이 보인 것뿐이다. 그것은 실드를 들고 있는 데세랄이 한쪽 무릎을 꿇으면서 나타난 움직임이다.

무릎을 꿇은 데세랄을 향해 자이안이 전력으로 달려들더니 훌쩍 뛰어서는 데세랄의 어깨를 밟고 다시 한 번 도약했다. 자이안의 출력과 몸체로 뛸 수 있는 점프의 한계 높이가 데세랄이 무릎을 꿇었을 때 딱 어깨의 높이다. 그것도 싱크로율이 35%가 넘는, 스페셜 급에 근접한 라이더들이나 가능했다.

재도약을 할 때 데세랄이 힘껏 몸체를 일으켰기에 그 힘이 더해져 자이안은 좀 더 높이 몸체를 띄울 수 있었다.

"흐음. 제법인걸?"

그 모습에 이슈인은 고개를 끄덕이며 마나를 더욱 끌어올렸다. 이미 준비하고 있던 차다.

이제 새로운 가설을 시험할 차례다.

레퀴엠으로 일루전 문을 사용할 수 있었다. 그렇다면 인피니트 소드도 가능할 것이다. 자신이 펼치는 것과 완전히 동일한 인피니트 소드.

지금이 그것을 펼칠 때다.

레퀴엠의 두 눈의 광채가 더욱 휘황찬란해졌다. 싶은 순간 두 팔을 한껏 뻗었다.

"우욱."

그 한 번의 움직임에 데세랄들이 두 걸음이나 물러섰다. 엄청난 힘이었다.

그 정도면 충분한 공간이 확보되었다. 머리 위에 힘껏 검을 내려치는 자이안이 있었다.

"플레임 블레이드!"

이슈인이 힘껏 검을 움직였다.

레퀴엠이 힘껏 검을 움직인다.

검에서 밝은 빛이 터져 나온다.

그 모습을 보는 공화국의 라이더는 입을 쩍 벌렸다. 자이안의 라이더 역시 마찬가지였다.

있을 수 없는 일이다.

절대 있을 수 없는 일이다.

그것이 눈앞에 펼쳐지고 있다.

하늘을 나는 것은 신기술을 도입해서 가능해졌다 하며 수

궁이라도 할 수 있다.

하지만 이것은 아니다.

어떻게 이런 일이……!

지금 레퀴엠의 검에서 터져 나오는 빛은 그것이 분명했다.

피어스 브레이크!

소드 익스퍼트가 되어야만 사용할 수 있는 필살기!

하지만 그것은 오직 사람의 이야기다.

기간테스가 그것을 사용할 수 있다는 이야기는 어디에도 없었다.

설사 소드 마스터가 라이더라 하더라도 기간테스가 피어스 브레이크를 사용할 수는 없었다.

그런데 지금 눈앞에 그것이 있다.

공화국의 소대장은 그것을 정면에서 똑바로 바라보고 있었다.

피어스 브레이크가 자신을 집어삼키고 있음에도 그는 여전히 믿을 수 없었다.

그의 두 눈은 말하고 있었다.

대체 어떻게 이런 말도 안 되는 일이 자신에게 펼쳐지고 있냐고.

피어스 브레이크에 자이안이 박살이 나는 그 순간까지도 그는 자신이 본 것을 믿지 못했다.

레퀴엠이 펼친 플레임 블레이드의 위력은 엄청났다. 주변을 포위하고 있던 데세랄까지 한 번에 쓸어버렸다.

콰아아앙. 쾅쾅쾅.

박살이 난 기간테스들이 사방으로 비산한 후 요란한 소리를 울리며 떨어졌다.

일격이다.

단 한 번의 공격으로 모든 기간테스를 정리했다.

오롯이 서 있는 레퀴엠.

"엄청나군."

이슈인은 담담히 중얼거렸다. 예상보다 더 강한 위력에 오히려 머리가 차갑게 식었다.

―순간 최고 싱크로율 88.9%까지 상승했었다.

머리에 울리는 아스카론의 목소리도 아무런 감흥이 없었다.

레퀴엠은 가만히 서 있었다.

공화국군의 병사들도 가만히 서 있었다.

순식간에 일어난 일이다. 아직 저들은 이 상황을 제대로 인식하지 못하고 있었다. 단번에 '아, 그래. 그렇구나' 라고 받아들이기에는 너무나 엄청난 일이었다.

얼마나 시간이 흘렀을까?

하나둘 정신을 차리기 시작했다.

그리고 펼쳐진 아비규환.

공화국군의 혼란은 극에 달했다. 대열도, 체계도, 계급도,

명령도 없었다.

남아 있는 것은 오로지 본능.

어떻게든 저 악마에게서 벗어나 살아야 한다는 본능이 그들을 지배했다. 모든 병사들은 최대한 레퀴엠에게서 멀어지려고 했다. 그러기 위해서 수단과 방법을 가리지 않았다. 말을 타든 두 다리로 달리든, 전우를 밀어 넘어뜨리든 어떻게든 벗어나야만 했다.

지휘관도 병사도 없었다.

그곳에 있는 것은 생존 본능에 충실한 보통의 인간뿐이었다.

"더 가볼까?"

그 모습을 가만히 바라보던 이슈인이 낮게 중얼거렸다.

레퀴엠의 등에서 이카루스가 펼쳐졌다. 레퀴엠은 천천히 날아올라 그곳을 떠나 다시 북쪽으로 향했다.

저택의 복도로 바쁜 걸음 소리가 울린다.

걸음 소리의 주인은 엥겔스였다. 통령궁에서 던전에서 발굴한 이카루스 설계도의 해석 작업을 하던 중 머리에 번쩍하고 떠오른 것이 있어 서둘러 자신의 저택으로 돌아왔다.

이카루스의 설계도는 당연히 고대 마도 시대의 언어로 되어 있었다. 하지만 현존하는 마도 시대의 해독서로는 도무지 해독할 수 없는 내용이었다. 발굴된 자료 중 그 책이 없었다면 말이다.

마도 시대의 언어는 두 종류였다. 일반인들과 학자들이 사용하는 언어, 그리고 마법사들이 마법 연구에 사용하는 언어.

후자를 마법어라 부르는데, 마법 학파에서 주로 자신들의 비전을 은밀히 남길 때 사용하는 것으로 학파마다 그 체계가 조금씩 달랐다. 일종의 암호문이었다.

마도 시대에는 백여 종류의 학파가 존재했기에 마법어의 종류도 그 정도였다.

그 모든 마법어를 해독할 수 있는 방법이 설명된 책이 던전에서 함께 발굴되었다.

마법어라 하지만 굳이 따지자면 암호문이었기에 마도 시대의 언어를 기반으로 일정한 규칙이 사용되었다. 그 책은 당시 모든 학파가 사용하는 규칙을 분석 설명했다. 덕분에 제법 두껍다고는 하지만 단 한 권으로 그 많은 마법어를 해석할 수 있게 만들어졌다.

그렇게 해석 작업에 몰두하던 중 엥겔스는 자신의 집안에 가보로 내려오는 책자의 정체를 깨달은 것이다. 몇 대를 거쳐 왔는지도 기억이 나지 않는 책. 아무것도 가진 것이 없는 평민 집안임에도 소중히 간직한 책. 알아보지도 못할 문자로 기록된 책.

그 책에 기록된 문자가 마법어였다.

그래서 중요한 작업도 잠시 미루고 저택으로 향한 것이다.

자신의 집안 역사와 함께해 온 책의 정체를 알고 싶다는 강렬한 욕구 때문이다.

서재로 들어온 엥겔스는 서둘러 두 권의 책을 꺼냈다. 그중 위에 있는 책의 제목을 서둘러 해석했다. 내용까지 해석할 생각은 없었다. 자신이 할 일은 태산이다.

단지 책의 정체가 알고 싶은 것이다.

"마나 코어 이론 및 설계?"

그것이 책의 제목이었다.

엥겔스는 고개를 갸웃거렸다.

마나 코어란 무엇일까? 마법사로서 강렬한 호기심이 발동했으나 억눌러야 했다.

일국의 재상이라는 책임감이 그 책을 책꽂이에 꽂아놓게 했다. 일단 가장 큰 호기심 하나를 해결했다. 결국 다른 호기심이 피어났지만 말이다.

그것은 차후에 천천히 해결해도 될 터였다.

엥겔스는 서둘러 다시 통령궁으로 돌아갔다. 이 순간도 전장은 급박하게 돌아가고 있을 것이다.

                    *   *   *

"오오!"

"됐다!!"

사람들이 탄성을 질렀다.

무려 열두 기의 랩터2가 소환되어 있었다. 그중 한 기가 높이 솟아 있었다. 다른 열한 기는 땅에서 불과 1미터 정도 떠 있을 뿐이다.

열한 기의 랩터2에 탄 라이더들은 부러운 눈으로 하늘 위를 쳐다보았다. 그들 중 가장 먼저 하늘 위로 날아오른 사람이 부럽다는 눈빛이다.

"후우. 어렵네, 어려워."

이마의 땀을 닦는 이는 여인이었다. 가장 먼저 하늘을 날아오른 라이더. 그녀는 이곳에 가장 늦게 합류했다. 레술트 방어선에서 마지막까지 전투를 치르다가, 다시 기갑군단 본부에서 몇 가지 일을 처리하느라 늦은 것이다.

그럼에도 가장 먼저 성과를 보였다.

집념이 있었기 때문일 것이다.

그녀는 밀레느였다.

"후훗. 그럼 나도 이제 써드 룩인가?"

그녀의 입에 미소가 감돈다.

[아직 아냐.]

그때 통신으로 들어온 목소리가 밀레느의 기대를 무참히 깼다.

[네?]

되묻는 밀레느.

[최소한 아덴 경 정도로 자유자재로 다뤄야 해. 그래야 실전에서 전략 병기로 사용 가능하니까. 자네는 이제 겨우 높이 떠 있을 뿐이라고.]

[후. 알았어요.]

하지만 자유자재로 나는 것은 이제 그리 어렵지 않을 것이라 생각했다.

이렇게 높이 떠올라 보니 난다는 것이 어떤 것인지 어렴풋이 이미지가 잡히기 시작했기 때문이다. 기간테스를 움직이는 원리는 이미지화 한 것을 실행하는 정신력이다. 바톤 윙도 같은 원리.

이미지의 밑그림이 그려진 이상 남은 일은 크게 어렵지 않을 것이다.

"후훗. 기다리라고 이슈인."

밀레느가 미소를 지었다.

*   *   *

레퀴엠은 빠르게 날았다.

두 번째 진영을 쓸어버린 후 다시 두 개의 진영을 지나쳤다. 소환된 기간테스의 숫자가 상당했다. 두 진영 모두 얼핏 잡아도 서른 기의 기간테스가 보였다.

기간테스가 많아서 피한 것은 아니었다. 인피니트 소드라면 아무 문제 없을 것 같았다. 그렇지만 아직은 저들과 싸울 때가 아니었다.

엄청난 힘을 확인하자 꼭 붙어보고 싶은 상대가 떠올랐다. 지난번 전투에서의 어이없는 일격을 허용한 상대.

기간테스 간의 전투에서는 이겼으나 전체 전투에서는 패해 버린 그 전투.

그리고 그 전투의 밑그림을 그리고 실행한 자.

제스터.

그리고 그의 기간테스인 디스토션.

꼭 다시 한 번 제대로 붙어보고 싶었다. 이제 그 기체가 아니면 일대일로 맞붙을 만한 기체가 없었다.

"디스토션 덕에 실마리를 찾았는데, 이제 그 결과물로 재대결을 위해 찾아간다라⋯⋯."

─통신 차단은 계속할 것인가?

그때 아스카론이 물었다.

"물론."

두 번째 적 진영을 쓸어버리고 다시 북쪽으로 날기 시작한 지 얼마 되지 않아 통신이 들어오기 시작했다. 즉시 복귀하라는 통신이었다.

그럴 생각이 없었기에 통신을 껐다. 하지만 마나 신호는 계속 잡히는 모양이었다.

"이번에야말로 본진인 모양이군."

멀리 주둔하고 있는 공화국군의 모습이 보였다. 확실히 규모가 달랐다. 까마득한 고도로 날고 있었기에 그들은 아직 자신을 발견하지 못했을 것이다.

이슈인은 마나로 안력을 강화시켜 아래쪽을 볼 수 있었다. 망원경과 거의 비슷한 안력이다. 레퀴엠은 공중의 작은 점이고 적의 진영은 땅에 드넓게 펼쳐진 면이었기에 이슈인은 볼 수 있었지만, 적들은 그를 보지 못하고 있었다.

"그럼 내려갈까?"

적군 본진의 정중앙을 향해 천천히 하강했다.

본진 전체와 싸울 생각은 없었다. 어디까지나 상대는 제스터다. 제스터가 상대를 해준다면 다행이고 무시한다면 다시 날아오르면 그만이다. 공화국군에는 자신을 막을 방법이 없었다.

단지 후자라면 남은 투창을 모두 던진 후 복귀할 생각이다.

"레, 레퀴엠이다!!!"

역시나 적진은 혼란에 빠졌다.

그럴 수밖에 없었다.

이곳은 아이노 강변이다. 적들의 본진이자 최후 방어선.

아직 한창 교전이 이루어지는 전선에 있어야 할 기간테스가 갑작스레 본진에 등장했다.

공화국의 진영에 비상이 걸렸다. 병사들은 정신 없이 움직였다. 곳곳에서 마나 엔진이 기동하는 소리가 들린다. 하지만 예비 기동이 없었기에 모두 딜레이 타임에 돌입했다.

이슈인은 그 모습을 감상하면서 천천히 내려왔다.

눈 아래 거대한 막사가 보인다.

"아마도 작전 본부겠지?"

공화국의 국기와 붉은 늑대의 문장기가 휘날리는 막사다.
레퀴엠은 정확히 막사 위를 향해 내려오고 있었다.

"위험합니다! 어서 피하십시오!"

막사에서 우르르 사람들이 뛰쳐나왔다.

그중에는 제스터도 섞여 있었다.

"다시 만났어."

제스터를 발견한 이슈인의 두 눈이 반짝 빛났다.

쿠쿵.

레퀴엠은 막사를 부수며 착륙했다.

병사들은 막사에서 분분히 물러섰다. 많은 이들이 제스터
를 감싸며 뒤로 물러섰다. 어떤 일이 있어도 총사령관은 보호
해야 했다.

[도망가는 건가?]

이슈인의 목소리가 외부로 울렸다.

누구를 지칭하지도 않은 말이다.

하지만 딱 한 사람이 반응했다.

제스터다.

그는 자신의 팔을 잡아끄는 부관들의 팔을 뿌리치고 그 자

리에 멈춰 섰다. 그리고 사나운 눈으로 레퀴엠을 노려보았다.
아무리 적의 기간테스가 강하다 하나 뻔히 보이는 도발을 뒤
로하고 물러설 생각은 없었다.

더군다나 이곳은 자신들의 본진이다.

"천둥벌거숭이 같은 놈."

제스터가 사나운 표정으로 중얼거렸다.

"소원대로 해주지. 소환."

제스터 앞의 공간이 일그러지기 시작한다.

디스토션이 공간의 틈을 비집고 그 모습을 드러냈다.

『5권으로 이어집니다』

저작권 보호!!
장르문학의 성장에 힘이 되어주십시오.

저작물의 무단 전재와 복제, 불법 다운로드!
이것은 관심이 아니라 무관심입니다!

작가님들은 창의적 열정과 시간을 투자해 자신의 꿈과 생계를 유지합니다.
한 권의 책을 만들어 많은 사람들은 자신의 인생과 미래를 설계합니다.

저작물 속에는 여러 사람의 노력과 희망이
담겨 있습니다!

저작물의 무단 전재와 복제, 불법 다운로드는 여러 사람들의 꿈과 생계를
위협함으로써 장르문학을 심각한 상황에 빠뜨리고 있습니다.

이제는 무관심이 아니라 관심으로 장르문학의
성장에 힘이 되어주세요.

[도서출판 **청어람**은 항시적인 저작권 보호를 통해 장르문학과
여러분의 희망을 지키겠습니다.]

도서출판 청어람

The LORD

성진 게임 판타지 소설

더로드

간절한 갈망은 기적을 만들고
기적은 결코 만들어질 수 없는
연결 고리를 만든다.

그렇게 이어진 연결 고리.
그것은 새로운 시작이었다.

자, 일인군단(一人軍團)의
독보천하(獨步天下)가 지금부터 시작된다.

유행이 아닌 자유추구 -
WWW.chungeoram.com

Book Publishing CHUNGEORAM

絶代君臨
절대군림

장영훈 新무협 판타지 소설

문피아 골든베스트 1위, 선호작 베스트 1위

「보표무적」,「일도양단」,「마도쟁패」에 이은 장영훈의 네 번째 강호이야기.

절대군림

"왜 나를 선택했지?"
"당신은 좋은 어른이니까."

호북 제패를 시작으로 적이건의 강호 제패가 시작된다.

"비록 아버지의 강호가 옳다 해도, 난 어머니의 강호에서 살 거야.
아버지의 강호는 너무… 고리타분하거든."

왼손에는 군자검을, 오른손에는 지옥도를 든 천하제일과일상
행운유수의 장남 적이건. 그의 유쾌하고 신나는 강호제패기

"문파를 세울 거야. 이 강호에서 가장 강하고 멋진."

共同傳人

공동전인

설경구 新무협 판타지 소설

마교를 재건하라.

혈마옥에 갇히며 마교 장로들의 공동전인이 된 사무진에게 주어진 과제.
역사상 가장 착한 마교의 교주.
하지만 역사상 가장 강한 마교의 교주가 되고 싶다.

고정관념을 버려요.

마교도라고 해서 꼭 나쁜 놈일 필요는 없잖아요.

지금까지와는 다른 마교.

이제 사무진이 만들어가는 새로운 마교가 모습을 드러낸다.

유행이 아닌 자유추구 -
WWW.chungeoram.com

Book Publishing CHUNGEORAM

歡喜密功

설봉 新무협 판타지 소설

환희밀공

무유칠덕(武有七德), 금폭(禁暴), 집병(戢兵), 보대(保大),
정공(定功), 안민(安民), 화중(和衆), 풍재(豊財), 자야(者也).
〈좌전(左傳), 선공 십이년(宣公 十二年)〉

무에는 일곱 가지 덕이 있다.
첫째, 난폭을 금지한다. 둘째, 무기를 거두어들인다. 셋째, 큰 나라를 보전한다.
넷째, 공적을 정한다. 다섯째, 백성을 편안하게 한다. 여섯째, 대중을 화합하게 한다.
일곱째, 물자를 풍부하게 한다.

섬서성(陝西省) 육반산(六盤山)에 신력(神力)을 바탕으로
패공(覇功)을 구사하는 가문(家門), 육반루가(六盤婁家).
세상에게 외면받고 멸시당하는 환희교(歡喜敎).
육반루가의 후손과 환희교 교주의 운명적인 만남.

"넌 환희교를 지키는 수문장(守門將)이 될 거야.
강하게, 아주 강하게 키워주마."
'아버지처럼 죽지 않을 거야. 아무도 날 죽일 수 없어.
세상에서 최고로 강한 사람이 될 거야.'

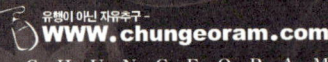

유행이 아닌 자유추구 -
WWW.chungeoram.com

Book Publishing CHUNGEORAM

태룡전

『마신』, 『뇌신』에 이은
작가 김강현의 또 하나의 대작!!
『태룡전』

김강현
新무협 판타지 소설

내가 이곳 미고현에 위치한 천망칠십오대에
온 지도 벌써 두 달이 넘었거든.
그런데 아직도 이해하지 못한 일이 하나 있어.
그게 뭐냐고? 우리 대주 말이야.
우리 대주님이 가장 좋아하는 게 뭔지 아나?
바로 침상에서 좌우로 데굴데굴 굴러다니는 거야.
그다음으로 좋아하는 게 그렇게 뒹굴다 잠드는 거고……
나려타곤(懶驢打滾)!
더도 덜도 아닌 딱 우리 대주님을 지칭하는 말일세.

천망칠십오대 대주 단유강!!
격동의 무림은 그에게 휴식을 허락하지 않는다.
단유강, 그의 일보가 천하를 떨쳐 울린다!

유행이 아닌 자유추구 -
WWW.chungeoram.com
Book Publishing CHUNGEORAM

오채지 新무협 판타지 소설

천산도객

천산도객
天山刀客

1

오채지 新무협 판타지 소설
FANTASTIC ORIENTAL STORY

마도대종사의 죽음.

마침내 끝이 난 이십 년간의 정마대전.
하지만 전 무림이 까맣게 모르는 것이 있었으니…

대종사가 마지막까지 숨겨두었던 마도백가(魔道百家)의 비밀 병기.
패잔병으로 북방을 떠돌던 어느 날 신비로운 사내 비파랑을 만나는데…

"항주의 금룡관(金龍館)에… 이걸 전해주십시오."
"눈치챘겠지만 난 마인이오."
"어쩐지 당신이라면… 약속을 지켜줄 것 같아서……."

한 번의 짧은 만남이 만든 운명 같은 행보.
그의 위대한 강호행이 시작된다.

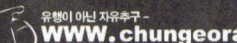

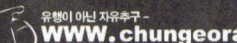
유행이 아닌 자유추구 -
WWW.chungeoram.com

Book Publishing CHUNGEORAM